Né en 1981 dans l'État de New York, Justin Torres a publié des textes dans la revue *Granta* et dans le *New Yorker*. *Vie animale* est son premier roman.

Justin Torres

VIE ANIMALE

ROMAN

Traduit de l'anglais (États-Unis)
par Laetitia Devaux

Éditions de l'Olivier

La citation en exergue est extraite des *Lois* de Platon, traduction de Léon Robin, avec la collaboration de Joseph Moreau, in *Œuvres complètes*, tome II, Gallimard, La Pléiade, 1943.

TEXTE INTÉGRAL

TITRE ORIGINAL
We The Animals
ÉDITEUR ORIGINAL
Houghton Mifflin Harcourt, 2011

ISBN 978-2-7578-3076-5
(ISBN 978-2-87929-820-7, 1re publication)

Or, de tous les animaux sauvages, le garçon est celui qu'il est le plus difficile de manier : autant est abondante chez lui, plus que chez tout autre animal, la source de la pensée, mais une source non encore équipée, autant il se montre fertile en machinations, âpre et d'une violence dont en aucun autre on ne trouve la pareille. Aussi a-t-on besoin de le brider comme avec de multiples rênes.

Platon, *Les Lois*

Pour ma mère,
mes frères, mon père, et pour Owen.

On en voulait encore

On en voulait encore. On frappait sur la table avec le manche de nos fourchettes, on cognait nos cuillères vides contre nos bols vides ; on avait faim. On voulait plus de bruit, plus de révoltes. On montait le son de la télé jusqu'à avoir mal aux oreilles à cause du cri des hommes en colère. On voulait plus de musique à la radio ; on voulait du rythme ; on voulait du rock. On voulait des muscles sur nos bras maigres. On avait des os d'oiseau creux et légers, on voulait plus d'épaisseur, plus de poids. On était six mains qui happaient et six pieds qui trépignaient ; on était des frères, des garçons, trois petits rois unis dans un complot pour en avoir encore.

Quand il faisait froid, on se battait pour des couvertures jusqu'à les déchirer en deux. Quand il faisait vraiment froid et que notre souffle formait des nuages glaciaux, Manny rampait avec Joel et moi dans notre lit.

« Un corps chaud, il disait.

– Un corps chaud », on acquiesçait.

On voulait plus de chair, plus de sang, plus de chaleur.

Quand on se battait, on se battait avec des bottes et des outils, des tenailles qui pincent, on attrapait tout ce qui nous tombait sous la main et on le jetait ; on voulait plus de vaisselle cassée, plus de verre brisé. On voulait plus de fracas.

Et quand Paps rentrait, on recevait des corrections. Il écorchait nos petites fesses rondes, qui devenaient rouges et vives à force de coups de fouet. On savait qu'il y avait quelque chose derrière la douleur, derrière la brûlure. Une chaleur piquante montait de nos cuisses et de nos fesses, un feu se consumait dans notre tête, mais on savait qu'il y avait autre chose, un endroit où Paps nous conduisait par ce biais. On le savait parce qu'il faisait ça méticuleusement, avec précision, en prenant son temps. Il nous éveillait ; il nous conduisait au-delà de la brûlure et de la blessure, mais cet endroit, on ne l'atteindrait que lentement.

Et quand notre père n'était pas là, on voulait *être* des pères. On chassait les animaux. On pataugeait dans la vase du ruisseau à la recherche de grenouilles et de serpents. On attrapait les bébés rouges-gorges dans leur nid. On aimait sentir le rythme de leur cœur minuscule, le battement de leurs ailes minuscules. On approchait leur minuscule tête d'oiseau de notre tête.

« Qui est ton papa ? » on demandait en riant avant de le jeter dans une boîte à chaussures.

Toujours plus, on cherchait toujours plus avec avidité. Mais à certains moments, des moments tranquilles, quand notre mère dormait, quand elle n'avait pas dormi depuis deux jours et que tout bruit, tout craquement dans l'escalier, toute porte qui claque, tout rire étouffé, toute voix, risquait de la réveiller, ces matins d'un calme cristallin, quand on voulait la protéger, cette oie égarée qui trébuchait, qui s'épanchait sans cesse, avec ses maux de dos, ses maux de tête et son allure fatiguée, tellement fatiguée, cette créature déracinée de Brooklyn, cette grande gueule qui larmoyait dès qu'elle nous disait qu'elle nous aimait, avec son amour compliqué, exigeant, sa chaleur, ces matins où le soleil se frayait un chemin à travers les stores et s'étalait en rayons réguliers sur la moquette, ces matins tranquilles où on préparait nous-mêmes notre porridge et où on se couchait sur le ventre avec du papier et des crayons ou des billes qu'on prenait soin de ne surtout pas cogner pendant le sommeil de notre mère, quand l'air ne sentait ni la sueur ni la mauvaise haleine ni le moisi, qu'il était calme et léger, ces matins où notre silence était notre jeu secret, notre cadeau et notre œuvre unique – on en voulait moins : moins de poids, moins de travail, moins de bruit, moins de père, moins de muscles, moins de peau et de cheveux. On ne voulait rien, juste ça, que ça.

Le temps qui n'existe pas

On était assis tous les trois à la table de la cuisine avec nos imperméables. Joel écrasait des tomates à l'aide d'un petit maillet en caoutchouc. On avait vu faire ça à la télé : un homme avec une grosse moustache et un maillet qui massacrait des légumes, et des gens en poncho de plastique transparent qui se recevaient tout et s'amusaient comme des fous. On avait envie d'avoir le même sourire qu'eux. On sentait la peau de la tomate éclater et sa chair exploser ; elle giclait sur les murs, atterrissait sur nos joues et notre front et se figeait dans nos cheveux. Quand il n'y a plus eu de tomates, on a couru à la salle de bain chercher sous le lavabo les tubes de crème de notre mère. On a retiré nos imperméables et on s'est placés de manière à faire gicler la crème blanche d'un coup de maillet, pour qu'il y en ait partout, jusque dans le recoin de nos paupières et le repli de nos oreilles.

Notre mère est entrée dans la cuisine en fermant sa robe de chambre et s'est frotté les yeux en disant : « Mon Dieu, oh mon Dieu, quelle heure il est ? » On lui a répondu qu'il était huit heures et quart, et elle a dit « merde » en gardant les yeux fermés et en les frottant juste plus fort, puis elle a répété « merde », plus haut, a attrapé la bouilloire et l'a fait cogner sur le fourneau en hurlant : « Pourquoi vous êtes pas à l'école ? »

Il était huit heures et quart du soir, un dimanche, en plus. Mais personne n'a dit ça à Ma. Elle travaillait de nuit à l'usine sur la colline, et parfois, elle était un peu perdue. Elle se réveillait n'importe quand, elle se trompait, elle mélangeait les jours et les heures, elle nous ordonnait de nous brosser les dents, de nous mettre en pyjama et de nous coucher en plein milieu de la journée ; ou alors, quand on arrivait dans la cuisine le matin, à moitié endormis, elle sortait un pain de viande du four en disant : « Qu'est-ce que vous faites, les garçons ? J'arrête pas de vous appeler pour dîner. »

On avait appris à ne pas essayer de la corriger ni de la sortir de la confusion. Ça ne faisait qu'empirer les choses. Un jour, avant qu'on ait compris, Joel a refusé d'aller demander un morceau de beurre aux voisins. Il était presque minuit et elle préparait un gâteau pour Manny.

« Ma, tu es folle, lui a dit Joel. Tout le monde dort, et c'est même pas son anniversaire. »

Elle a observé longtemps l'horloge, elle a secoué rapidement la tête d'avant en arrière puis s'est penchée sur Joel ; elle a plongé son regard dans le sien comme si elle observait derrière ses orbites, tout en bas de son cerveau. Son mascara avait coulé, ses cheveux étaient épais et rêches avec des boucles noires autour du visage qui retombaient lourdement dans son dos. On aurait dit un raton-laveur surpris en train de fouiller dans les poubelles, et qui en devient dangereux d'un coup.

« Je déteste ma vie », elle a dit.

Joel s'est mis à pleurer, et Manny lui a donné un grand coup de poing sur la nuque.

« Connard, il a sifflé. Ça allait être mon anniversaire, putain. »

Après ça, on s'est débrouillés avec ce qu'elle disait ; on vivait comme dans un rêve. Certaines nuits, Ma nous mettait dans la voiture et nous emmenait à l'épicerie, à la laverie ou à la banque. On gloussait dans son dos quand elle tirait sur les portes fermées ou qu'elle secouait la lourde grille de sécurité en pestant.

Elle a retenu son souffle quand elle a remarqué la tomate et la crème sur nos visages. Elle a ouvert grand les yeux, elle a cligné des paupières. Elle nous a attirés près d'elle et elle a passé doucement un doigt sur nos joues, dessinant une trace dans la crème et la tomate. Elle a de nouveau retenu son souffle.

« Vous étiez exactement comme ça quand vous êtes sortis de moi, elle a murmuré. Exactement comme ça. »

On a gémi, mais elle a continué à raconter qu'on était tout visqueux, que Manny était né avec plein de cheveux et que ça l'avait étonnée. La première chose qu'elle avait faite avec chacun de nous, ç'avait été de compter nos doigts de pieds et de mains. « Je voulais être sûre qu'ils en avaient pas oublié à l'intérieur », elle a dit et on a tous fait semblant de vomir.

« Faites-le.
– Quoi ?
– Faites-moi naître.
– On n'a plus de tomates, a dit Manny.
– Prenez du ketchup. »

On lui a donné mon imperméable parce que c'était le plus propre et on lui a demandé de ne surtout pas ouvrir les yeux avant notre signal. Elle s'est mise à genoux et a posé le menton sur la table. Joel a levé le maillet très haut et Manny a pressé sur la bouteille de ketchup entre les yeux de Ma.

« À trois ! » on a crié, et chacun a prononcé un chiffre, moi le dernier. On a pris la plus grande et la plus longue bouffée d'air qu'on a pu, aspirant à travers nos dents. On avait le visage crispé et les poings serrés. On a avalé encore un peu plus d'air et notre poitrine s'est gonflée. La cuisine ressemblait à un ballon quand on souffle dedans encore et encore, juste avant qu'il éclate.

« Trois ! »

Le maillet s'est abattu. Notre mère a hurlé, elle a glissé par terre et s'est immobilisée, les yeux grands ouverts, du ketchup partout, comme si on lui avait tiré une balle dans la tête.

« Félicitations ! C'est une maman ! » on s'est écriés. On a couru vers le placard pour prendre les grandes chopes et les grosses louches et on a frappé dessus de toutes nos forces en dansant autour du corps de notre mère. On braillait : « Joyeux anniversaire ! Bonne année ! Il est zéro heure ! C'est le temps qui n'existe pas ! On s'amuse comme des fous ! »

Héritage

Quand on est rentrés de l'école, Paps avait envahi la cuisine, il préparait à dîner et il écoutait de la musique ; il était en forme. Il a soufflé sur la vapeur qui s'échappait d'une casserole, puis il a joint brusquement ses mains et les a frottées fort. Il avait les yeux pleins de vie, humides et étincelants d'hilarité. Il a monté le volume de la chaîne stéréo, c'était un mambo, c'était Tito Puente.

« Préparez-vous ! » il a crié, et il s'est mis à tournoyer avec grâce sur un pied en chausson, sa robe de chambre flottant tout autour de lui. Il tenait dans le poing une spatule en métal couverte de graisse qu'il agitait au rythme des bongos.

On a patienté dans le couloir, on riait, on voulait se joindre à lui, mais on attendait notre tour. Paps s'est avancé en rythme saccadé sur le lino, il a attrapé nos bras maigres et nous a tirés sur la piste en ligne derrière lui. On a tendu nos poings serrés et on a commencé à se déhancher sur les trompettes. Un par un, il nous a fait glisser sous ses jambes et ressortir derrière. Ensuite, on a tourné tout autour de la cuisine en se tortillant derrière lui comme des oisons.

Le dîner était sur le feu, des côtes de porc dans leur graisse et du riz à l'espagnole fumant qui secouait le couvercle. L'air était empli de vapeur, d'épices et de bruit, la petite fenêtre au-dessus de l'évier couverte de buée.

Paps a mis la musique encore plus fort, si fort que même si on avait hurlé, on ne nous aurait pas entendus, si fort que Paps avait l'impression d'être très loin, presque hors d'atteinte, alors qu'il était devant nous. Puis il a attrapé une bière dans le frigo. Nos yeux ont suivi la trajectoire de la canette à ses lèvres. On a compté les canettes vides sur le comptoir derrière lui et on a échangé un regard. Manny a roulé des yeux et a continué à danser, alors on est restés en ligne et on a continué à danser aussi, sauf que maintenant, le Père l'Oie c'était Manny, c'était lui qu'on suivait.

« Dansez comme si vous étiez riches ! » a crié Paps, sa voix puissante tonnant par-dessus la musique.

On s'est mis sur la pointe des pieds, on a haussé le nez et on a relevé le petit doigt en l'air.

« Z'êtes pas riches ! a gueulé Paps. Alors, dansez comme si vous étiez pauvres ! »

On a plié les genoux, on a serré les poings et on a tendu les bras sur le côté. On agitait les épaules et on rejetait la tête en arrière, on était sauvages, libres, légers.

« Z'êtes pas pauvres non plus ! Dansez comme si vous étiez blancs ! »

On a imité des robots raides et figés, sans un

sourire. Joel était le plus convaincant : on l'avait vu s'exercer dans sa chambre.

« Z'êtes pas blancs ! a crié Paps. Dansez comme si vous étiez portoricains ! »

On s'est arrêtés un instant, le temps de souffler. Et on a dansé le mambo le mieux possible, cherchant à être souples mais sérieux, à ressentir le rythme dans nos pieds et derrière le rythme, le beat. Appuyé au comptoir, Paps nous regardait en buvant de longues gorgées de bière.

« Imbéciles ! il a crié. Z'êtes pas blancs, z'êtes pas portoricains. Regardez comment danse un vrai de vrai, regardez comment on danse dans le ghetto ! »

Il hurlait chaque mot par-dessus la musique, alors on ne savait pas s'il était fou ou s'il plaisantait.

Il a commencé à danser et on a essayé de voir ce qui le différenciait de nous. Il faisait la moue et il posait une main sur son ventre. Il avait un coude plié, le dos droit, pourtant dans chacun de ses mouvements on sentait la souplesse, la liberté et la confiance. On voulait observer ses pieds, mais quelque chose dans sa façon de les tordre, de piétiner, dans la ligne de son torse, repoussait sans cesse notre regard vers son visage au nez épaté et aux yeux entrouverts avec ses lèvres boudeuses qui faisaient un sourire sincère mais narquois.

« Voici votre héritage ! » il s'est exclamé, à croire que grâce à cette danse, on pouvait connaître son enfance, la saveur et le grès des immeubles de Spanish Harlem et des lotissements de Red Hook, des salles de bal, des parcs en ville, et de son père, comment il le battait, comment il lui avait appris à danser, à croire qu'on pouvait entendre parler espagnol dans ses mouvements, à croire que Porto Rico était un type en robe de chambre qui descendait bière sur bière en les levant très haut avant de les boire, la tête en arrière, sans cesser de danser, de danser et de claquer des doigts toujours en rythme.

Sept

Le matin, on est restés immobiles, tous ensemble, dans l'embrasure de la porte. On passait voir Ma qui dormait la bouche ouverte, on écoutait la bataille de l'air contre la salive dans sa gorge. Trois jours plus tôt, elle était rentrée les joues violettes et gonflées. Paps l'avait portée dans la maison et mise au lit, puis il lui avait caressé les cheveux en lui murmurant à l'oreille. Il nous a dit que le dentiste l'avait frappée à coups de poing après qu'elle avait perdu connaissance. Il a dit que c'était comme ça qu'on faisait bouger les dents pour les arracher ensuite. Depuis, Ma était couchée avec des boîtes de cachets contre la douleur, des verres d'eau, des tasses de thé à moitié pleines et des mouchoirs rouges de sang autour du lit. Paps nous avait interdit de mettre un pied dans la chambre, et trois matins de suite, on a obéi, on guettait sa respiration depuis la porte, mais ce jour-là, on n'en pouvait plus.

On s'est avancés sur la pointe des pieds et on a passé les doigts sur ses bleus. Ma a murmuré quand on l'a touchée, mais elle ne s'est pas réveillée.

C'était le matin de mon septième anniversaire, donc c'était l'hiver, mais la lumière filtrait à travers les rideaux comme au printemps. Manny s'est approché de la fenêtre, s'est enroulé dans un rideau et a disparu entièrement, à part la tête. Un dimanche, on l'avait tellement suppliée qu'elle nous avait emmenés à l'office, où on avait vu une peinture représentant des hommes en capuchon, mains serrées et regard rivé vers le ciel.

« Des moines, avait dit Ma. Ils contemplent Dieu. »

« Des moines », a soufflé Manny, et on a compris.

Joel s'est couvert du drap tombé par terre, j'ai attrapé l'autre rideau, et comme des moines, on s'est mis à attendre, sauf que c'était Ma qu'on contemplait, ses cheveux noirs emmêlés, ses yeux fermés et ses mâchoires enflées. On observait son corps minuscule sous les couvertures, on guettait le moindre geste du pied ou de la main, le soulèvement régulier de sa poitrine.

Quand elle a fini par se réveiller, elle nous a dit qu'on était beaux.

« Mes beaux petits garçons », elle a dit, les premiers mots qui sortaient de sa bouche endolorie depuis trois jours, mais c'était déjà trop pour nous ; on s'est détournés d'elle.

J'ai appuyé ma main contre la vitre. Tout à coup gêné, j'avais besoin de fraîcheur. Ça arrivait parfois avec Ma ; j'avais besoin de presser la main contre quelque chose de frais et dur, sinon j'avais la tête qui tournait.

« C'est son anniversaire, a dit Manny.

– Bon anniversaire, a dit Ma, et ces mots étaient teintés de douleur.

– Il a sept ans », a dit Manny.

Ma a hoché lentement la tête et a fermé les yeux.

« S'il a sept ans, alors il va me quitter.

– Pourquoi ? a demandé Joel.

– Quand vous avez eu sept ans, vous m'avez quittée. Vous vous êtes fermés à moi. C'est ce que font les garçons de sept ans. »

J'ai posé les deux mains sur la vitre, j'ai emmagasiné de la fraîcheur et je l'ai transférée sur mes joues.

« Pas moi.

– Ils ont changé, a dit Ma en tournant la tête vers moi. Dès que je voulais les câliner, ils se débattaient, ils ne voulaient plus rester tranquilles sur mes genoux. J'ai dû les laisser faire, j'ai dû me durcir le cœur, ils voulaient tout casser, ils voulaient se battre. »

Mes frères avaient l'air gêné, mais étrangement fier. Manny a fait un clin d'œil à Joel.

« Pfff, il a dit, c'est même pas vrai.

– Ah bon ? a dit Ma.

– J'ai pas envie de tout casser, j'ai dit. J'ai envie de contempler Dieu et de jamais me marier.

– Alors tu auras toujours six ans, a dit Ma.

– N'importe quoi », a dit Joel.

Ma a levé lentement une main pour avoir le silence.

« Tu vas sortir du lit aujourd'hui ? j'ai demandé.

– Je suis comment ?

– Violette, j'ai dit.

– Folle, a dit Joel.
– Toute abîmée, a dit Manny.
– Mais c'est ton anniversaire, m'a dit Ma.
– Mais c'est mon anniversaire. »

Elle a abaissé les couvertures jusqu'à sa taille et porté délicatement les mains à son visage pour protéger ses joues, comme si une gifle pouvait surgir à tout instant. Puis elle s'est redressée, elle avait les pieds par terre, elle était debout dans son maillot de foot vert sur ses jambes nues et maigres aux ongles de pieds vernis.

Il y avait un miroir à manche en cuivre sur la coiffeuse. Quand Ma l'a placé devant son visage, des larmes lui sont montées aux yeux et se sont arrêtées tout au bord, prêtes à tomber. Ma était capable de retenir ses larmes plus longtemps que n'importe qui ; certains jours, elle les gardait des heures sans qu'elles coulent. Ces jours-là, elle caressait le contour des objets du bout des doigts ou alors elle tenait le téléphone sur ses genoux en silence, et on devait répéter trois fois son nom avant qu'elle lève les yeux.

Ma a retenu ses larmes en observant sa laideur. On a cherché à quitter la chambre, mais elle m'a appelé, elle m'a dit qu'elle voulait me convaincre de rester à six ans, puis plus grand-chose d'autre, elle s'est contentée de se regarder dans le miroir en observant ses mâchoires sous différents angles.

« Qu'est-ce qu'il m'a fait ? elle a demandé.
– Il t'a donné des coups de poing au visage pour faire bouger tes dents », j'ai répondu.

J'ai sursauté au bruit du verre qui se brise. La

tête de mes deux frères a surgi dans l'embrasure, ils avaient un immense sourire, leur regard est allé de Ma à moi, au miroir brisé et au trou qu'il avait fait dans le mur, puis il est revenu sur Ma et moi.

Les mains de Ma protégeaient à nouveau ses joues, et elle avait fermé les yeux. Quand elle a parlé, chacun de ses mots était prononcé avec clarté et lenteur.

« Vous trouvez ça drôle que des hommes battent votre mère ? »

Le sourire de mes frères s'est transformé en froncement ; ils ont disparu à nouveau.

Je suis retourné m'enrouler dans le rideau et j'ai posé le front contre la fenêtre. La lumière se reflétait sur le ciel blanc et la neige, mais elle était stoppée par le givre sur la vitre. Dehors, elle était trop vive pour qu'on puisse fixer quelque chose. J'ai écarquillé les yeux, elle m'a brûlé et j'ai cru devenir aveugle. Tout le monde disait que si on regardait directement le soleil, qu'on soutenait son regard, on devenait aveugle. Mais quand j'ai essayé, je n'ai pas réussi à m'aveugler.

Ma était assise au bord du lit, elle respirait lourdement et lentement, elle était en train de me pardonner. Elle m'a demandé de m'asseoir sur ses genoux, j'ai obéi, et on a respiré ensemble. Puis Ma a commencé à chanter ma chanson préférée sur une femme avec des plumes et des oranges et Jésus-Christ qui marchait sur l'eau. J'ai posé ma tête sur son épaule et elle m'a bercé encore et encore, fredonnant les mots qu'elle avait oubliés.

« Promets-moi, promets-moi que tu auras toujours six ans.

– Mais comment ?

– C'est simple. Tu n'as pas sept ans ; tu as six plus un an. Et l'année prochaine, tu auras six plus deux ans. Et ça sera toujours comme ça.

– Mais pourquoi ?

– Quand on te demandera ton âge, tu diras, j'ai six plus un an, ou plus deux ans, et cetera. Ça voudra dire qu'à n'importe quel âge, tu restes le petit garçon de ta maman. Et si tu restes mon petit garçon, je t'aurai à moi pour toujours, tu ne m'échapperas pas, tu ne deviendras pas violent et fuyant, et je n'aurai pas à durcir mon cœur.

– T'as arrêté de les aimer quand ils ont eu sept ans ?

– Ne dis pas n'importe quoi », a répondu Ma.

Elle a chassé les cheveux de mon front avec sa main.

« Aimer des grands garçons, ce n'est pas comme aimer des petits garçons. Avec les durs, il faut être dur. Et des fois, ça me fatigue. Alors toi, je veux pas que tu me quittes, je suis pas encore prête. »

Ma s'est penchée pour murmurer à mon oreille, elle m'a répété qu'elle avait besoin que je reste à six ans. Elle m'a chuchoté ce besoin si immense, l'absence totale de douceur avec Paps et les garçons qui devenaient des Paps. Ce n'étaient pas simplement ces mots chuchotés, mais la profondeur de sa voix mêlée de souffrance, la proximité chaude de ses bleus, qui m'ont électrisé.

En me tournant vers elle, j'ai vu les bosses sur

ses joues et la peau violette bordée de jaune. Ces bleus avaient l'air si sensibles, si doux, si pleins de douleur, qu'une excitation, un courant a jailli de mon ventre, s'est répandu dans ma poitrine, un sale chatouillis, a gagné mes bras puis mes mains. Je l'ai attrapée par les deux joues et je l'ai attirée à moi pour un baiser.

La douleur est montée à ses yeux et a transformé ses pupilles en deux grands ronds noirs. Elle a écarté son visage du mien et m'a jeté à terre. Elle m'a maudit, elle a maudit Jésus, ses larmes ont coulé, et j'ai eu sept ans.

Le lac

Par une soirée insupportable, en pleine vague de chaleur, Paps nous a tous emmenés au lac. On ne portait que nos maillots de bain, et Ma nous a fait étaler des serviettes sur la banquette arrière pour éviter que notre peau colle au skaï. On a fait la longue route sans un mot, comme si on était ensemble devant la télé, sauf qu'en réalité, on écoutait et on regardait la chaleur.

Puisque Ma et moi on ne savait pas nager, elle est montée sur le dos de Paps et je suis monté sur le sien. Il nous a emmenés faire un tour. Il avait les bras tendus devant lui et il battait des pieds tandis que nos jambes se laissaient aller dans l'eau, inertes et immobiles, nos orteils recourbés.

De temps en temps, Ma me montrait quelque chose, par exemple un canard qui se posait, la tête repliée contre le cou, battant de ses ailes projetées devant lui, ou alors une punaise d'eau aux pattes grêles qui ridaient la surface du lac.

« Pas si loin », criait-elle à Paps, pourtant il continuait, doucement mais sûrement. Le rivage s'est étiré en une mince courbe derrière nous jusqu'à n'être plus qu'un croissant boisé terriblement obscur et lointain.

Au milieu du lac, l'eau semblait plus sombre et plus froide. Paps a traversé un amas de feuilles mortes noires et visqueuses. Ma et moi, on a essayé de les écarter, mais on devait tout de même se tenir avec un bras, alors elles ont fini par se prendre dans notre tourbillon et par coller à nos côtes et nos cuisses comme des sangsues. Paps en a soulevé une poignée, elles ont glissé entre ses doigts et se sont désintégrées en petites particules dans l'eau. Des poissons de la taille de cigarettes ont surgi et ont commencé à les grignoter.

« On est trop loin, a dit Ma. Ramène-nous.

– Bientôt », a répondu Paps.

Ma s'étonnait que Paps sache nager, à croire qu'il était né dans cette région de péquenauds, et non à six heures plus au sud, à Brooklyn. Elle a dit que personne ne savait nager à Brooklyn. La plus grosse masse d'eau qu'elle y avait jamais vue, c'était quand un homme de l'immeuble ouvrait la bouche d'incendie pour faire jaillir le jet. Elle a dit que contrairement aux autres enfants, elle ne sautait jamais dedans – trop violent, trop fort, trop dérangeant –, mais qu'elle aimait se tenir un peu plus bas dans le caniveau et laisser l'eau couler autour de ses chevilles.

« J'étais mariée et mère de trois enfants avant de marcher dans quelque chose de plus profond qu'une flaque. »

Paps n'a pas dit où ni quand il avait appris à nager, mais il se faisait un devoir de maîtriser tout ce qui était nécessaire à la survie. Il avait les muscles et la volonté. Il cherchait l'indestructibilité.

« Toi, c'est l'inverse, m'a dit Ma. Tu grandis au bord de tous ces lacs et de ces rivières, tu as deux frères qui nagent comme des poissons rouges dans leur bocal. Comment ça se fait que tu saches pas nager ? »

Elle posait cette question comme si elle me rencontrait pour la première fois, comme si les épisodes de ma vie – mes tentatives maladroites et terrifiantes dans le grand bain, et le jour où, à la piscine municipale, j'avais été sauvé par le maître-nageur des grands et que j'avais recraché l'eau du bain sur l'herbe, sept cents yeux braqués sur moi, tandis que le vacarme des cris, des éclaboussures et des sifflets s'était momentanément interrompu, que tout le monde se taisait pour méditer sur mon corps osseux en attendant que je fonde en larmes, ce que je n'avais pas manqué de faire – comme si Ma se rendait compte maintenant seulement combien c'était étrange que je sois là, accroché à elle et Paps, et non avec mes frères qui s'étaient précipités dans l'eau, avaient joué à plonger, à se faire couler, puis étaient ressortis en courant pour disparaître derrière les arbres.

Évidemment, je ne pouvais lui avouer la vérité : j'avais peur. La seule personne qui avait le droit de dire ça dans la famille, c'était Ma, et en général, elle n'avait même pas peur, c'est juste qu'elle était trop fainéante pour descendre à la cave, ou alors elle le disait pour faire sourire Paps, pour qu'il la taquine, la chatouille ou la serre contre lui, pour qu'il sache qu'elle avait tout simplement peur d'être sans lui. Moi, j'aurais préféré lâcher prise et sombrer tranquillement au fond du lac noir plutôt qu'avouer ma peur à l'un ou à l'autre.

Mais je n'ai pas eu besoin de le dire, car Paps a répondu à ma place.

« Il va apprendre. Vous allez apprendre tous les deux. » Et personne n'a plus rien dit après ça. J'ai regardé la lune se disloquer en éclats de lumière sur le lac ; j'ai regardé les oiseaux noirs tournoyer en piaillant, le vent soulever les branches des arbres, la cime des pins. Je sentais le lac se rafraîchir et l'odeur des feuilles mortes.

Après l'incident, Paps nous a ramenés à la maison. Il conduisait torse nu, et son dos, son cou et même son visage étaient couverts d'égratignures. À certains endroits ce n'était que de la peau un peu rouge, à d'autres des griffures qui se refermaient déjà, mais à d'autres encore, des coupures luisantes de sang frais. Moi aussi j'étais couvert de traces, car elle avait paniqué, et quand il s'était éclipsé, elle s'était raccrochée à moi. Ensuite, Paps lui avait dit : « Mais comment tu veux apprendre autrement ? »

Et Ma qui avait failli me noyer, qui avait pleuré et crié en plantant ses ongles en moi, agitée et sauvage comme jamais, Ma, qui était tellement furieuse qu'elle avait fait asseoir Manny à l'avant avec Paps et s'était mise au centre de la banquette arrière, passant ses bras autour de nous, Ma a répliqué en tendant le bras par-dessus ma tête pour ouvrir la portière. J'ai vu la chaussée floue à cause de la vitesse, le bas-côté qui plongeait dans un fossé couvert de gravier. Ma a tenu la portière ouverte et a lancé :

« Et alors ? Tu veux que je lui apprenne à voler ? Je dois lui apprendre à voler ? »

Paps a dû arrêter la voiture pour la calmer. On a sauté tous les trois de notre siège, on s'est approchés du bas-côté, on a sorti nos zizis et on a pissé dans le fossé.

« Elle s'est vraiment accrochée à toi ? a demandé Manny.

– Elle a essayé de me grimper sur la tête.

– Quel genre de… » il a commencé mais il s'est tu.

Il avait deux ans de plus que Joel et trois de plus que moi. On a attendu son jugement, la fin de sa phrase, mais il s'est contenté de ramasser une pierre et de la lancer le plus loin possible.

On entendait leur dispute dans la voiture, Ma qui répétait :

« Tu m'as lâchée. Tu m'as lâchée. »

On regardait les grosses remorques qui, en passant, faisaient vibrer la voiture et le sol sous nos pieds.

Puis Manny a éclaté de rire en disant :

« Putain, j'ai cru qu'elle allait te jeter de la voiture. »

Et Joel a ri aussi. Il a dit :

« Putain, j'ai cru que tu allais vraiment te mettre à voler. »

Quand on est retournés à la voiture, Ma était à nouveau assise à l'avant, et Paps a redémarré en lui tenant la nuque. Il a attendu le moment idéal, qu'on soit silencieux et apaisés, tout à la pensée des lits qui nous attendaient à la maison, pour tourner la tête, me jeter un coup d'œil par-dessus l'épaule, et me demander, à la fois curieux et gentil : « Alors, qu'est-ce que tu penses de ta première leçon de vol ? » Et toute la voiture a explosé de rire.

Mais l'incident tournait dans ma tête, et la nuit, dans mon lit, je n'arrivais pas à dormir, je n'arrêtais pas d'y repenser. Comment Paps s'était éclipsé, comment il nous avait regardés nous battre et lutter, comment j'avais dû échapper à l'étreinte et l'emprise de Ma, comment je m'étais laissé couler, et quand j'avais rouvert les yeux, ce que j'avais découvert : un monde d'un vert noirâtre, un monde sous-marin, la terreur. J'avais sombré un long moment, perdu, en me tortillant comme un ver, et tout à coup j'avais nagé – je battais des pieds et j'écartais les bras exactement comme Paps m'avait montré il y avait longtemps, et je m'étais élevé vers la lumière, réapparaissant à l'air libre, et quand j'avais aspiré cette première bouffée d'air jusqu'au fond de mes poumons puis incliné la tête, le ciel n'avait jamais été aussi voûté, étincelant et magnifique. Je me souvenais de l'insistance dans la voix de mes parents, Ma à nouveau collée à Paps, tous deux qui criaient mon nom. J'avais nagé vers leurs silhouettes qui s'agitaient, et là sous les étoiles, tout à coup, je m'étais senti désiré. Ils n'avaient jamais été aussi heureux de me voir, ils ne m'avaient jamais regardé avec une telle intensité et un tel espoir, ils n'avaient jamais prononcé mon nom avec une telle douceur.

Je me rappelais aussi que Ma avait fondu en larmes et Paps hurlé de joie, criant comme s'il était un savant fou et moi sa créature :

« Il est vivant !

– Il est vivant !

– Il est vivant ! »

Nous comme il faut

Quand on était frères, quand on était tous les trois ensemble, un jour on est devenus une femme. On est montés sur les épaules les uns des autres et on s'est enveloppés dans le long manteau d'hiver de Ma. Manny faisait les jambes, Joel le torse et moi, comme j'étais le plus léger, la tête. On a utilisé une échelle pour pas tomber, mais les genoux de Manny ont ployé sous le poids, alors on a dû rester couchés par terre. On était une femme déchue incapable de se relever, une femme impuissante, coincée sur le dos.

Quand on était frères, on était mousquetaires.

« Tous pour un, un pour tous ! » on criait, et on se battait comme à l'épée avec des fourchettes.

On était des monstres – Frankenstein, la fiancée de Frankenstein, l'enfant de Frankenstein. On fabriquait des lance-pierres avec des couteaux à beurre et des élastiques, et accroupis derrière les voitures, on lançait des cailloux sur les femmes blanches – on était les trois ours se vengeant de Boucle d'Or qui avait mangé leur porridge.

Le nombre sacré de Dieu, c'est trois.

Alors on était le nombre sacré de Dieu.

Manny était le père, Joel le fils, et moi le Saint-Esprit. Le père a attaché son fils au poteau de basket et l'a fouetté avec des verges pendant que le fils criait : « Mais pourquoi, père, pourquoi ? »

Et le Saint-Esprit ? Le Saint-Esprit flottait dans l'air, mais il devait rester là – il était partout et nulle part –, il attendait le jeu suivant.

Quand on était ensemble, on parlait à l'unisson, une voix pour trois, le langage de notre caverne.

« Nous faim », on a dit à Ma quand elle a enfin franchi la porte.

« Nous voleurs », on a dit à Paps quand il nous a surpris sur le toit, prêts à descendre en rappel – et ensuite, quand Paps nous a récupérés et qu'il s'apprêtait à corriger Manny, j'ai glissé à Joel « Nous peur » et Joel a pointé le menton en direction de Paps qui défaisait sa ceinture et m'a répondu, lui aussi tout bas « Nous foutus ».

Quand on était ensemble, on se mettait le doigt dans l'œil et on se piquait les chaises par en dessous. Les Stooges étaient trois, comme les Chipmunks. On se pinçait le nez pour chanter les chants de Noël des Chipmunks. On perfectionnait notre pyramide humaine. Pas la pyramide à genoux, mais debout. On devenait champion du monde chacun à notre tour, l'un paradait sur les épaules des deux autres et envoyait des baisers en agitant le poing.

On était les trois Boucs qui traversent le pont ; les trolls qui vivent en dessous. Mais quand on a compris pour le sexe – quand Ma nous a fait asseoir sur le tapis, a ouvert l'encyclopédie à « Système de reproduction », nous a montré les schémas en coupe de pénis et de vagin et nous a expliqué comment ça s'emboîtait –, on a inventé un nouveau jeu. Personne n'avait expliqué le sexe à Ma quand elle était petite – ni les religieuses à l'école ni sa mère. Alors quand elle a demandé à Paps : « Est-ce que je peux tomber enceinte à cause de ça ? » Paps lui a menti. Il a répété en riant : « À cause de ça ? » et Manny était là, dans le ventre de Ma, il grandissait, son cœur battait comme une bombe (une expression de Ma : *un cœur qui bat comme une bombe*), elle avait quatorze ans et Paps seize seulement, ils étaient tous deux en troisième, alors ils ont arrêté l'école. Ma a dû convaincre Paps de faire le nécessaire, à savoir l'emmener en bus au Texas pour l'épouser. Elle nous a dit qu'elle en était alors à huit mois, et Paps était noir avec une coupe afro. Ça se voyait tellement qu'ils venaient de Brooklyn tous les deux, avec leurs visages tellement poupins, et leur air tellement perdu que l'attitude la plus polie des gens c'était de les dévisager, et le monde est rempli de gens impolis, mais ils devaient aller au Texas, nous a expliqué Ma, car elle était trop jeune pour se marier à New York. Alors ils se sont mariés, puis Joel est arrivé, et moi ensuite. On est tous les trois nés dans l'adolescence de Ma (« mes années d'ado » répétait Ma, comme si ça voulait dire quelque chose pour nous) – alors quand on a appris tout ça, on n'était plus les trois boucs qui traversent le pont, on n'était plus les trois trolls qui vivent dessous.

Après, on a inventé un nouveau jeu où les trolls

mentaient aux boucs, et où on était des bébés moitié boucs, moitié trolls.

On est partis tous les trois à l'épicerie loin de la maison. On s'est plantés sur le trottoir, on a tendu nos mains pleines de monnaie et on a demandé à des inconnus de nous acheter des choses – des cigarettes, de la bière ou du whisky – mais personne ne l'a fait. Ils nous ont dit de décamper, ou alors des trucs comme : « Du whisky ? Mais vous êtes encore des bébés. »

« Des bébés trolls ! on criait. Des bébés boucs ! »

Quand une femme enceinte a surgi avec sa démarche de canard, Manny a bondi, il a pointé le doigt sur elle et a crié : « Hé, madame, vous avez une bombe, là-dedans ? »

On a frappé le sol avec nos pieds en hurlant de rire. Joel a lancé la monnaie en l'air, qui est retombée en une pluie argentée et bruyante. On a ri en répétant : « Une bombe, au secours, une bombe ! »

La dame n'est pas partie ; elle a hoché la tête, étonnée, en caressant lentement son ventre, elle a attendu qu'on se calme, puis elle a dit : « Ça ? C'est un bébé. C'est mon bébé. »

Ses yeux étaient humides, des yeux comme des trous noirs, sans peur, sans dégoût, sans pitié. Elle écarquillait les yeux, cette dame. Elle n'en perdait pas une miette.

Quand elle a dit : « Redressez-vous », on a obéi. Pareil avec : « Venez-là. »

Elle s'est baissée un peu, nous a pris par les poignets l'un après l'autre et les a posés sur son ventre.

« Il suffit d'attendre », elle a dit, mais on n'a pas eu à attendre longtemps.

« Ça alors ! a dit Joel. Il essaie de sortir !

– Est-ce qu'il a un papa ?

– Tous les bébés ont un papa.

– Il vous a menti ?

– Menti ?

– Quel âge vous avez ?

– Ça ne te regarde pas.

– Vous avez quatorze ans ?

– Quatorze ans ? Oh non.

– Ça fait mal ?

– Un peu. Ça fera très mal quand il sortira.

– Ça vous fera mal au vagin.

– Vous ne savez donc pas vous conduire comme il faut ? »

On a regardé nos baskets. Manny a ramassé les pièces par terre et les a posées dans la main de la dame.

« Tenez, il a dit. Donnez ça à votre bébé. Dites-lui que c'est de notre part à nous.

– Nous qui ?

– Nous trois.

– Trois frères.

– Trois mousquetaires.

– Trois histoires. »

Et après – après avoir laissé à cette dame notre petite fortune qui tintait dans sa paume – on a couru à la maison, on a poussé Ma sur le canapé, on lui a soulevé sa chemise, on l'a embrassée et on a soufflé sur son ventre –, si mince et tendu maintenant, plus de place pour nous, en demandant : « Nous, on t'a fait mal ? » sachant qu'on avait vécu là, dans le ventre de Ma, avant qu'on soit ensemble, avant qu'on soit frères.

Et Ma ? Elle n'a pas posé de question, elle s'est laissée tomber sur le dos en riant ; elle s'est laissée aller, notre Ma, les bras levés au-dessus de la tête, comme si elle se rendait ; elle s'est abandonnée à nous.

Lina

Paps est parti, et Ma a cessé d'aller au travail, de manger, de nous faire à dîner, de jeter ses mégots de cigarettes dans les toilettes. À la place, elle les mettait dans des bouteilles vides ou des tasses de thé. Des mégots de cigarettes humides bouchaient l'évacuation de l'évier. Elle a arrêté de dormir dans son lit, elle s'installait sur le canapé, ou par terre, parfois elle dormait sur la table de la cuisine, la tête sur un bras, l'autre pendant vers le linoléum. Des petits tas de mégots de cigarettes, des paquets vides et des cendres s'amassaient autour d'elle.

On marchait sur la pointe des pieds. On se nourrissait de beurre de cacahuète sur des crackers et de vermicelles recouverts d'huile et de fromage fondu. On a terminé ce qu'il y avait au fond du réfrigérateur, des ingrédients oubliés depuis longtemps, de la marmelade Harry and David avec les zestes qui flottaient comme des insectes emprisonnés dans de l'ambre. On s'alimentait avec des produits déshydratés et du riz blanc à la sauce soja ou au ketchup.

Lina, la contremaître de Ma à la brasserie, a téléphoné pour prendre de ses nouvelles.

« Ça fait six nuits d'affilée. Qu'est-ce qui se passe chez vous ? »

Les machines bourdonnaient et claquaient derrière elle. On entendait le bruit aigu des bouteilles poussées sur une chaîne automatisée.

« Qu'est-ce que vous voulez dire ? je lui ai demandé.

– Parle plus fort, mon chou, elle a beuglé. Il y a plus de bruit qu'en enfer, là où je suis.

– *Qu'est-ce que vous voulez dire ?*

– Qu'il y a du bruit ici ! Je t'entends à peine. Bon, écoute. Je vais venir voir ce qui se passe. »

La communication a été coupée et j'ai entendu la tonalité, puis l'autre son, celui qui dit qu'on a oublié de raccrocher.

Lina est arrivée directement de la brasserie vêtue de sa grande blouse blanche, ses lunettes de sécurité sur le front. Elle était originaire de Chine, grande et lourde, avec des pommettes hautes qui saillaient comme des poignées sous ses yeux.

« Tu es immense, on lui a dit. Y a pas de place pour toi ici. Tu vas te cogner au plafond. »

On a essayé de lui refermer la porte au nez, mais elle l'a bloquée et a levé une jambe pour montrer sa chaussure de sécurité.

« Sans ça, je suis plus petite. »

Elle a retiré sa blouse en disant que dans sa région en Chine, toutes les femmes étaient bâties comme elle. « Comme des Cadillac », elle a ri en écartant ses grandes mains de chaque côté de son corps dans un mouvement qui signifiait l'immensité. Elle nous a tendu un sac en papier brun rempli de provisions, s'est penchée pour délacer ses chaussures et nous a dit : « Ne l'ouvrez pas tout de suite, posez-le sur la table et allez me chercher votre mère, où qu'elle se cache.

– Elle dort », a grogné Manny.

On ne s'est pas embêtés à transporter les courses dans la cuisine. On a renversé le sac sur le tapis du salon, on a ouvert le sachet de pain de mie et de fromage, on a enfourné des poignées entières dans notre bouche et on a bu le lait directement à la brique, regardant tous les trois Lina d'un air de défi. Elle a exhibé ses longues dents chevalines. Puis elle a lancé ses chaussures dans un coin.

« Vous allez vous étouffer, si vous ne faites pas plus attention. » Puis elle a crié : « *Camarade !* » en nous enjambant.

Ma a surgi en courant, elle s'est jetée dans les grands bras de Lina et a enfoui la tête dans ses cheveux noirs soyeux pour pleurer.

Lina est restée immobile un moment puis a fouillé dans une poche de sa blouse et en a sorti un mouchoir. Elle a pris le visage de notre mère entre ses mains et l'a essuyé, rabattant les mèches de cheveux de Ma derrière ses oreilles. On était à genou par terre à moins d'un mètre d'elles, et plus Lina s'occupait de Ma, moins on faisait attention aux provisions. Puis Lina s'est mise à embrasser Ma partout, des petits baisers tout doux, elle en a couvert le visage de Ma, y compris le nez et les sourcils. Puis elle a posé ses lèvres sur celles de

Ma et n'a plus bougé, ses lèvres étaient douces et immobiles, et personne – ni moi, ni Ma, ni Joel ni Manny, personne – n'a dit un mot. Il n'y avait aucun mot à dire.

Les décortiqueurs

On s'est glissés dans le potager du Vieux et on a dévoré. Le Vieux avait une grande haie, il habitait au bout d'un chemin de terre presque trop irrégulier pour nos vélos, mais on a réussi à le remonter quand même, on s'est glissés par la haie, on a pénétré dans le potager et on a dévoré. On a goûté, piétiné, cassé, et quand on a levé les yeux, le Vieux nous observait depuis sa véranda, il nous regardait, c'est tout.

« Animaux », il a sifflé.

Il avait l'air prêt à cracher.

« Trancheurs. »

On a eu honte. Il était très vieux.

« C'est à vous, ce jardin ? » a demandé Manny.

Joel a laissé tomber une tomate puis s'est essuyé la bouche avec le dos de la main.

Le Vieux a ouvert la porte-moustiquaire et a descendu les marches vers nous. Il s'est agenouillé par terre et a caressé les tiges brisées. Il a ramassé un concombre à moitié dévoré, a essuyé la terre dessus puis a ouvert un canif pour sectionner les traces de morsure. Il a remis en terre les plants qu'on avait arrachés. Il avançait à quatre pattes, très raide, et nous, debout, on le regardait.

Le Vieux nous a mis les légumes saccagés dans les bras et nous a poussés vers la véranda. On les a posés sur une table de camping dépliée.

« C'est quoi les trancheurs ? a demandé Joel.

– Ce que le trancheur a laissé, l'essaimeur le dévore, et ce que l'essaimeur a laissé, le lécheur le dévore, et ce que le lécheur a laissé – le Vieux s'est interrompu pour lancer à chacun de nous un regard perçant –, le décortiqueur le dévore. »

Puis il nous a traités d'envahisseurs, de maraudeurs, de charognards, de diables sur terre.

Le Vieux parlait de façon tordue et chantante – un accent du Missouri, en fait – et on ne comprenait pas la moitié de ce qu'il disait, mais les trancheurs, la menace et la crainte des trancheurs, ont frappé notre imagination, alors on lui a demandé de nous raconter l'histoire jusqu'à ce qu'on comprenne. On lui a même fait dessiner les trancheurs, un amas de points noirs en haut d'une page, le ciel, et plein d'autres points les uns sur les autres, jusqu'à ce que la moitié supérieure de la page soit recouverte de points noirs.

« Voilà les trancheurs, il a dit. Vous verrez, un jour, vous verrez. »

Tout ça se passait sur la véranda ; il ne nous a jamais invités à entrer dans la maison, mais il ne nous a pas demandé de partir non plus. C'était la fin de l'après-midi, le coucher du soleil, le crépuscule, le soir tombait ; l'atmosphère en cette fin d'été se rafraîchissait rapidement mais elle n'était pas froide. La véranda était entourée d'une moustiquaire ; il y avait des bouts de tissu cousus dans les trous pour garder les moustiques dehors, mais ils réussissaient quand même à entrer. Le Vieux les appelait des stiques.

Installés à la table de camping, on écrasait les stiques sur le plateau, sur les mollets ou les bras nus les uns des autres – on en a fait un jeu, de se gifler en riant. Mais si un stique atterrissait sur le Vieux, on ne lui donnait pas de claque, on balayait sa peau sèche avec nos doigts. Une fois, je me suis levé et j'ai soufflé sur la nuque du Vieux, où un stique s'était perché pour mordre, et le Vieux m'a fait un clin d'œil et m'a donné un coup de coude dans les côtes.

« Le meilleur remède contre les morsures de stique, c'est de faire une croix, il a dit en gravant une petite croix sur mon bras avec l'ongle de son pouce. Comme ça, tu chasses le poison et t'arrêtes la démangeaison. »

Le Vieux venait des Monts Ozarks, une région du Missouri avec des cratères, des grottes et des éclairs inversés qui partaient de la terre et s'étiraient vers le ciel.

Le Vieux nous a traités de fugueurs. Il avait plein de noms pour nous, parias, clandestins, fugueurs, fugitifs, bandits, citadins, bâtards. Manny lui a dit qu'on était partis de chez nous et qu'on rentrerait plus jamais, et Joel a ajouté que notre mère était morte, donc qu'il n'y avait personne à qui téléphoner. Le Vieux était très vieux, et il n'avait pas l'air d'avoir envie d'appeler quiconque ni de faire quoi que ce soit. Il nous a appelés aussi mignons, bébés, innocents, pauvres créatures, enfants de Dieu. Il ne marquait pas de pause entre les mots et parlait surtout pour lui en coupant les légumes en cubes de plus en plus petits. Voilà ce qu'il faisait : il nous préparait une salade.

Il s'est levé et a disparu dans la maison pour chercher un saladier, des assiettes et des fourchettes. Il se déplaçait très lentement.

« Le Vieux est cool, a dit Manny.

– Vraiment cool », a dit Joel.

Joel a remarqué dans un coin une batte de base-ball jaune au milieu d'un alignement de râteaux, de balais et de pelles.

« Pourquoi il a ce truc ? »

Il a attrapé la batte et a regardé autour de lui, mais il n'y avait pas de balle. Il a imité un long home-run, emplissant ses joues d'air et exhalant juste au moment où il a imaginé toucher la balle.

« Et arrête de raconter que Ma est morte, a lancé Manny à Joel. C'est pas bien. »

Il faisait si sombre que la lumière sur la véranda nous empêchait de voir le jardin. Ma était brisée, elle avait le regard mort, mais elle n'était pas morte. Elle était même retournée à la brasserie. Elle devait s'y trouver à cette heure, elle travaillait. Et Paps n'avait toujours pas réapparu. Manny disait qu'il avait rencontré une autre femme.

Joel a donné un autre coup de batte, puis il a imité le rugissement de la foule. Il faudrait bientôt rentrer en marchant à côté de nos vélos sur le chemin couvert d'ornières, sans lampadaires.

« T'entends ?

– Tu te crois le plus fort », a dit Joel en pointant le bout de la batte vers le nez de Manny.

Manny s'est crispé puis raidi, et Joel a souri.

« Mais t'es pas fort.

– Ouais, c'est ça », a dit Manny, et ces mots à peine prononcés, la batte l'a heurté à la tempe.

L'instant d'après, ils se battaient méchamment par terre – comme dans un chenil, disait Paps, avec des dents, de la morve et du sang.

Je leur ai hurlé d'arrêter, c'est tout ce que j'ai fait, j'ai hurlé, stop, stop, stop. Je pensais à Ma qui soufflait les mêmes stop, stop, stop à notre père. Manny a léché la morve qui coulait de son nez et a craché un mollard à la figure de Joel. Le mucus y a glissé comme du blanc d'œuf.

« Des animaux, a dit le Vieux. Vous êtes des *animaux*. »

Puis Manny et Joel ont cessé. Ils ont soufflé et ont remis leurs vêtements en place. Le Vieux, toujours dans l'embrasure de sa maison, nous a ordonné de quitter sa véranda et de repartir vers toute cette obscurité. L'air bourdonnait d'insectes. Il n'y avait pas de lune. Les nuits d'été semblaient les plus dangereuses de toutes.

On avait toujours des millions de questions sur Dieu, les trancheurs, les Ozarks, vieillir et mourir. Le Vieux tenait les coupelles à salade dans sa main, et comme on ne pouvait pas le regarder dans les yeux, on a regardé ces bols vides. On regardait avec un silence si intense qu'il s'est détourné de nous et a posé les bols quelque part dans la maison.

« Partez. Fichez le camp », il a dit.

Des millions de questions. Pourquoi les animaux ont pas peur du noir ? Surtout les petits, les lapins et les oiseaux si craintifs dans la journée – qu'est-ce qu'ils font la nuit ? Comment ils la comprennent ? Comment ils peuvent dormir tout seuls dehors ? Est-ce que les arbres, les buissons et les terriers sont remplis d'oreilles qui écoutent et d'yeux qui n'osent jamais se fermer ?

Et les décortiqueurs, c'est quoi leur problème, pourquoi ils arrivent en dernier, et qu'est-ce qu'il leur reste à manger ?

Parle-moi

On était assis à la table de la cuisine, affamés, impatients, vindicatifs. On avait la tête renversée en arrière et on se tenait le ventre. Chaque soir, on mourait de faim. Ma se suçait le bout d'un doigt. Elle s'était coupée avec le bord acéré de la boîte de soupe. Le téléphone a sonné. Ma a pivoté sur elle-même et a retiré brusquement son doigt coupé de sa bouche.

« C'est votre père », elle a dit mais elle n'a pas décroché, elle s'est contentée de verser la soupe dans la casserole en suçant à nouveau le sang sur son doigt.

On a interrompu nos gémissements et on a échangé des regards pendant que le téléphone sonnait – un nouveau jeu. On a posé les coudes sur la table, on a mis la tête entre nos paumes, et on a observé le dos de Ma qui reflétait son silence, on a attendu le geste suivant, mais elle ne nous a pas regardés, elle ne nous a pas offert la moindre explication ; elle s'est contentée de remuer la soupe. Le téléphone sonnait, la soupe bouillonnait et sifflait, et le téléphone a continué à sonner tandis que

Ma versait le liquide dans trois bols et les glissait sous nos têtes. Le téléphone sonnait alors qu'on tendait le menton et le nez dans la vapeur, puis la langue pour sentir la chaleur. On n'avait pas vu ni entendu parler de notre père depuis des semaines.

Ma a déchiré un sachet de crackers, les a étalés sur une assiette qu'elle a posée bruyamment au centre de la table et elle a dit :

« Qu'est-ce qu'il y a ? Mangez. »

Elle s'est assise avec nous, sa chaise un peu de biais. Elle a délacé ses chaussures de travail, retiré ses chaussettes et s'est massée les pieds. Le téléphone sonnait juste derrière son oreille. Elle savait ce que faisait Paps, elle connaissait le secret de cette insistance, mais elle refusait de nous le dire. Le massage de pieds était mauvais signe, mais quand on a réclamé encore à manger, ç'a été pire.

« Y a que ça, elle a dit avec un grand sourire gâté sans quitter ses orteils vernis des yeux. Y a rien d'autre. »

On a passé trois quarts d'heure de plus à table à racler nos bols vides avec le doigt et à presser le pouce sur l'assiette des crackers pour récupérer les miettes, en transe à cause du tempo régulier de la sonnerie du téléphone, tétanisés par cette répétition, écoutant avec attention, espérant qu'elle ne s'arrête jamais. Paps était quelque part devant un téléphone, dans une cabine, assis au bord d'un lit, sobre ou ivre, autour de lui il y avait du bruit et il faisait chaud, ou froid, il était seul ou avec des gens, mais chacune de ces sonneries le ramenait à la maison, face à nous. Le ton de la sonnerie changeait, elle se faisait désespérée puis accusatrice, lente et triste, elle se transformait en un battement de cœur, en une éternité – elle avait toujours sonné, elle sonnerait toujours – puis elle est devenue une sonnerie d'alarme perçante.

Ma a quitté sa chaise, a décroché le combiné et l'a replacé aussitôt sur son socle – et pendant un instant, peut-être une minute entière, assez longtemps pour que nos oreilles et nos muscles crispés se détendent, on a compris quelque chose qu'on soupçonnait depuis longtemps : le silence était une absolution, le calme était le plus grand bonheur qu'on connaîtrait jamais. Mais la sonnerie a repris, incessante.

« Et s'il a un problème au cœur ? a lancé Manny.

– Quel cœur ? a demandé Ma.

– Je vais décrocher », a dit Manny, et sans même une seconde d'hésitation, notre mère a attrapé son bol et l'a jeté par terre.

Le téléphone a continué à sonner.

Ma nous a chassés d'un geste et Manny s'est enfermé dans notre chambre, alors Joel et moi on est descendus à la cave, où on a aiguisé des bâtons de sucette pour se préparer à la guerre. Dans la cave, les bruits de pas étaient amplifiés, les voix étouffées, et le téléphone n'existait pas.

Pour finir, Paps a débarqué, ils ont fait un bruit d'enfer en tapant des pieds, en se pourchassant et en faisant tomber des meubles. Leurs cris et leurs injures ne nous arrivaient pas sous forme de mots, c'était juste une mélodie douce et assourdie. L'un des deux est parti en voiture, puis rien, le silence, à part un léger grattement de balai.

On s'est retirés encore plus loin dans la cave, aussi loin que possible, jusqu'au mur en parpaings. On a découvert un tas de vieilleries, un sac à main en patchwork avec du faux cuir craquelé, une machine à écrire cassée et notre ancien téléphone jaune. Joel a fait tourner le cadran.

« Dring, dring », il a imité.

L'écouteur était mon pouce et le micro mon petit doigt.

« Allô ?

– Mami, pourquoi tu décroches pas quand je t'appelle ?

– Parce que c'est horrible de te parler ! » j'ai dit, et on a éclaté de rire.

J'ai attrapé le téléphone et je l'ai appelé.

« Qu'est-ce tu veux, mec ?

– Femme, ton mari te parle, alors t'as intérêt à obéir.

– Qu'est-ce que tu me veux ? »

J'ai regardé le combiné dans ma main ; je ne trouvais rien à dire, alors Joel a pris le téléphone et m'a appelé à son tour.

« Allô ?

– *Digame,* Mami, parle-moi.

– Tu me manques au travail, pendant ces longues heures, putain, tu me manques vraiment.

– Je sais, Mami, je sais. »

On a raccroché ; on ne riait plus vraiment, on n'osait pas vraiment se regarder, mais on souriait. Au bout d'un moment, Joel m'a rappelé.

« Allô ?

– J'ai trouvé un boulot !

– Tu as trouvé un *boulot* ?

– Ouais, chérie, à partir de maintenant, tout va aller bien, vraiment bien. »

On a raccroché, mais je l'ai rappelé juste après.

« Je m'excuse.

– Mais non, chérie, dit Joel. C'est moi qui m'excuse. »

Quand Joel m'a rappelé, j'ai pris une voix aguicheuse.

« Salut, toi, j'ai dit.

– Salut toi », il a dit et on a raccroché tous les deux en rougissant.

J'ai appelé Joel.

« Allô ?

– Qu'est-ce qu'on va devenir ?

– Qu'est-ce que tu veux dire, qu'est-ce qu'on va devenir ?

– Ça sera toujours comme ça ?

– Non, chérie, ça sera pas toujours comme ça.

– Alors qu'est-ce qu'on va devenir ?

– On deviendra ce qu'on pourra », a dit Joel.

Je ne savais plus trop quel rôle il jouait.

« Et qu'est-ce qu'on pourra devenir ?

– Je sais pas trop encore. »

Il a tiré le cordon comme si c'était un arc. Et il a décoché la flèche.

Vous avez intérêt à venir

Maintenant que Paps était rentré, il voulait être avec nous tout le temps, il voulait qu'on soit tous ensemble, tous les cinq. Il nous a poussés vers la cuisine et nous a donné de gros couteaux pour couper les oignons et la coriandre pendant qu'il triait les haricots secs et mettait le riz à cuire. Ma bavardait avec lui, humait l'air et nous faisait des clins d'œil.

Après le dîner, il nous a conduits à la baignoire ; pas de bulles, juste quinze centimètres d'eau grise, nos fesses nues, nos genoux, nos coudes et nos trois petits zizis. Paps nous a frottés avec un gant de toilette savonneux. Il nous a enfoncé les doigts dans le crâne en nous lavant les cheveux et nous a avertis : si on avait du shampoing dans les yeux, ce serait de notre faute. On imitait le bruit d'un bateau à moteur en faisant naviguer des bouts de polystyrène autour d'îles en bouchons plantés de cure-dents, et on se montrait courageux chacun à notre tour. On s'interdisait de réagir.

Penchée sur le miroir au-dessus du lavabo, Ma s'épilait les sourcils et se recourbait les cils avec des outils en métal brillant.

« Sois doux », elle a dit sans même le regarder, sans même cligner des paupières.

Ils étaient tous deux torse nu ; Ma portait un soutien-gorge couleur chair et un pantalon de travail en coton épais, Paps avait retiré sa chemise pour nous donner le bain. On voyait tout – notre peau était plus sombre que celle de Ma mais plus claire que celle de Paps, Ma était petite et vive, avec ses côtes qui descendaient doucement de sa poitrine, Paps était fort, on distinguait les muscles et les tendons sur ses avant-bras, les veines sur ses mains, les poils frisés sur son torse. Il était comme un animal, notre père, costaud, physique et instinctif ; il avait des épaules rondes et larges sur lesquelles on avait, tous, même Ma, été portés. Les épaules de Ma étaient sèches, elles remontaient vers son minuscule cou d'oiseau. Elle mesurait à peine plus d'un mètre cinquante, elle était assez légère pour que Manny la soulève, et quand Paps disait qu'elle était fragile, des fois ça voulait dire qu'il fallait faire très attention à elle, des fois qu'il fallait pas grand-chose pour la briser.

Paps s'est levé pour pisser, alors on a vu son zizi épais et charnu à la peau sombre et le grand jet d'urine, long, bruyant et âcre. Ma s'est détournée du miroir ; on a vu qu'elle regardait, elle aussi. Il a remonté sa braguette et s'est placé derrière elle, puis il a glissé les mains dans son soutien-gorge ; des collines de chair ont surgi et ont remué entre ses doigts. Ça nous excitait, parce qu'elle aussi ça l'excitait, même si elle le repoussait. Ils jouaient, et aucun de nous ne voulait quitter la salle de bain, aucun de nous ne voulait se battre, éclabousser ni gâcher ce moment.

Paps s'est adossé au mur et l'a regardée remettre ses seins dans son harnais ; il souriait et grognait. On l'a vue la regarder, on a vu son envie, il savait qu'on voyait et qu'on comprenait. Il nous a fait un clin d'œil ; il voulait qu'on sache qu'elle le rendait heureux.

« C'est ma nana, il a dit en lui donnant une tape sur les fesses. Y en a qu'une comme elle.

– Ils vont attraper une pneumonie », a répliqué Ma, alors il nous a sortis l'un après l'autre de la baignoire. Ensuite il nous a mis debout sur l'abattant des toilettes et nous a séchés avec une serviette. Il nous attrapait les chevilles pour nous essuyer la plante des pieds, et on devait se retenir à son épaule pour pas tomber, ou alors attraper une poignée de ses cheveux rêches. Il passait la serviette entre nos orteils, nos fesses, nos aisselles et nous chatouillait, mais il faisait comme s'il ne le voyait pas. Il nous a séché lentement la tête, jusqu'à ce qu'on soit tout rouges et étourdis.

Chaque fois que Paps finissait de sécher l'un de nous, il posait notre paume contre la sienne. Il n'a rien dit à Joel ou Manny, mais il a gardé ma main un peu plus longtemps et m'a examiné en hochant la tête.

« Tu as grandi », il a dit, et j'ai souri, j'ai redressé le dos et écarté les épaules, tout fier.

Ma et Paps ont parlé de notre corps, de comment on changeait vite : ils ont dit en riant qu'ils allaient devoir faire d'autres garçons pour nous remplacer. On les observait ; ils se regardaient dans les yeux, ils se faisaient des blagues et ils riaient ; ils se disaient des mots doux et chauds, et on s'est laissé bercer par la tranquillité de leur échange. On était tous ensemble dans la salle de bain, à cet instant, et rien n'allait mal. Mes frères et moi, on était propres, rassasiés, et on n'avait pas peur de grandir.

On est retournés dans la baignoire vide avec nos serviettes, et nos parents ont fait comme s'ils ne voyaient rien. Ça nous plaisait qu'ils fassent semblant. On a déployé le rideau de douche, on s'est blottis les uns contre les autres avec des yeux écarquillés et avides.

« Hé, a feint de s'étonner Paps. Où sont passés les garçons ? »

On enfonçait nos poings dans les joues pour s'empêcher de glousser.

« Mon Dieu, a fait Ma. Ils ont disparu. »

On était blottis les uns contre les autres, les genoux tendus d'excitation. Ils allaient nous trouver. Peut-être qu'ils allaient nous faire peur en tirant le rideau d'un coup et en criant : « Vus ! »

Peut-être qu'ils allaient nous attraper et nous chatouiller. Peut-être qu'ils allaient monter tout doucement sur le bord de la baignoire et nous regarder par-dessus le rideau en attendant qu'on les aperçoive. Peut-être qu'ils allaient rugir comme des dinosaures, peut-être qu'ils allaient nous dévorer. Peut-être que Paps prendrait Joel sous un bras et Manny sous l'autre, que Ma m'attraperait et qu'ils nous feraient tourner, mais ils allaient nous trouver, mes frères et moi, serrés les uns contre les autres ; ils nous attraperaient, nous prendraient dans leurs bras, et on serait à eux.

Mais ils ne nous ont pas cherchés ; ils s'étaient trouvés, eux. On a entendu leurs baisers et leurs petits gémissements, et au bout d'un moment, on s'est mis à genoux pour soulever le bord du rideau de douche et les espionner. Ma était en équilibre sur le lavabo, dos au miroir, les jambes autour de la taille de Paps. Elle pressait ses doigts dans son dos. Elle avait des mains petites et légères aux ongles vernis qui laissaient des traces sur la peau de Paps.

Les mains de Paps semblaient immenses sur la charpente fragile de Ma. Il la tenait par les hanches et la faisait aller d'avant en arrière, régulièrement, doucement, il la serrait assez fort pour que ses doigts aient l'air de s'enfoncer dans ses hanches comme dans des sables mouvants, et quand j'ai observé son visage, j'ai eu l'impression qu'elle avait mal, mais elle ne semblait pas inquiète, comme si ce mal-là, elle le voulait.

On voyait tout – le jean délavé de Paps là où il mettait son portefeuille, les muscles de son ventre, Ma qui fermait les yeux mais Paps qui les gardait ouverts, il la mordait, ils se serraient fort, les chevilles de Ma étaient croisées et ses orteils tendus. Ses jambes attiraient Paps et le relâchaient, et il la couchait presque, si bien que la peau de Ma touchait son reflet dans le miroir comme sur une photo de frères siamois que j'avais vue un jour. Ses reins heurtaient le robinet, ce qui devait lui faire mal, tout devait lui faire mal, parce que Paps était plus gros et plus lourd, et il lui faisait mal comme il nous faisait mal. On a compris que ça devait la faire souffrir, d'aimer Paps.

Paps a couché complètement Ma, et ses cheveux se sont mêlés à leur reflet dans le miroir. Il lui a mordu le cou comme si c'était une pomme, elle a roulé la tête dans tous les sens et elle nous a vus. Elle a souri. Elle a écarté la tête de Paps et l'a fait pivoter vers nous.

« Je croyais que vous aviez disparu, il a dit.

– Vous deviez nous chercher, a rétorqué Manny.

– Je pensais que vous alliez trouver une meilleure cachette », a dit Paps, et Ma l'a frappé à la poitrine en le traitant de salaud.

Elle s'est détachée de lui, a rajusté ses vêtements et s'est lissé les cheveux. Il a voulu à nouveau l'embrasser dans le cou, mais elle s'est défendue.

« Va me chercher mes chaussures dans le placard, elle a dit. Je t'en prie, Papi, je suis déjà en retard. »

On a poussé un soupir et on s'est rassis sur les fesses, mais dès que Paps a quitté la salle de bain, Ma a éteint la lumière, a fermé la porte et est venue se tapir dans la baignoire avec nous, tirant le rideau sur elle. Il faisait tout noir. On ne la voyait pas, mais on sentait ses bras autour de nous, ses cheveux chatouillaient mes épaules nues.

« Il va voir ce qu'il va voir », a dit Ma, et à cet instant, on l'aimait farouchement.

On a entendu les pas de Paps dans l'escalier. On s'est préparés à bondir. Puis la poignée de porte a bougé, il s'est arrêté un instant, donnant l'impression d'avoir compris, pourtant il est entré et a rallumé la lumière. On a surgi du rideau, on s'est jeté sur lui et on l'a fait tomber dans le couloir. Ma l'a enfourché, et on s'est tous mis à le chatouiller. Il riait d'un rire rauque et il battait des jambes en criant : « Non, non ! » Il a ri jusqu'à être à bout de souffle et avoir les larmes aux yeux, mais on continuait à l'embêter, on plantait les doigts dans ses côtes, on lui chatouillait la plante des pieds en riant et en faisant le plus de bruit possible, mais jamais autant que lui.

« Non, non, non ! » il hurlait et pleurait, même s'il riait toujours. « Je ne peux plus respirer.

– D'accord, a dit Ma. Ça suffit. »

Mais ça ne suffisait pas. Nos serviettes avaient glissé, le sang pulsait dans nos corps nus, nos mains s'agitaient avec énergie, on était vivants, et ça ne suffisait pas : on en voulait encore. On a chatouillé Ma, on lui a piqué les côtes avec les doigts, elle s'est effondrée sur la poitrine de Paps et s'est cachée la tête, et il a enroulé ses bras autour d'elle.

Puis Manny a donné une grosse claque sur les fesses de Ma. Ça semblait terriblement satisfaisant, le bruit de sa paume sur sa peau.

« Vous deviez nous chercher ! » il a lancé.

Joel et moi, on ne bougeait plus, on craignait les ennuis, on s'attendait à ce que Paps réagisse, menace, frappe. On a fait le dos rond comme des chats aux aguets, mais il ne s'est rien passé. Manny a donné une autre claque sur les fesses de Ma, toujours rien. Silence. Elle s'est contentée de mettre les mains sur les poignets de Paps. Ses cheveux couvraient son visage, et on a compris qu'on pouvait le faire, que c'était permis, qu'on ne nous le reprocherait jamais.

Joel a donné de toutes ses forces un coup de pied dans la cuisse de Paps.

« Ouais, il a dit, vous deviez nous chercher. »

Alors je les ai imités, j'ai donné un coup de pied à Paps qui a atteint Ma ; cela semblait bête, méchant, parfait. Bientôt, on les frappait tous les trois avec les mains et les pieds et ils ne disaient pas un mot, ils ne bougeaient même pas. Le seul bruit, c'était celui de la peau, des coups et de notre souffle, puis de nos protestations, *pourquoi vous êtes pas venus nous chercher, pourquoi vous faites pas ce que vous devez faire, nous chercher, pourquoi, parce que vous êtes méchants, méchants, méchants, pourquoi vous faites pas comme il faut, pourquoi vous pouvez jamais faire comme il faut, on vous déteste, cherchez-nous, on vous déteste, on vous déteste tous, vous avez intérêt à venir nous chercher, la prochaine fois, la prochaine fois, vous avez intérêt à venir.*

On a continué à les frapper avec les pieds et les mains ; on avait le droit d'être ce qu'on était, des créatures apeurées et vengeresses – des petits animaux qui s'agrippaient à leur besoin.

Garde de nuit

Paps a trouvé un job de nuit, et comme Ma travaillait toujours à la brasserie, où il n'y avait pas d'endroit pour cacher des petits garçons, les soirs de semaine, on accompagnait Paps à son boulot et on dormait par terre devant les distributeurs. Paps était vigile, gardien de nuit.

Une nuit, je me suis réveillé en sueur, entortillé dans mon sac de couchage. Une fois debout, je suis resté à regarder mes frères, leur visage orange à cause de l'éclairage de l'autre côté de la vitrine, leurs yeux comme des feux follets dans l'ombre. Je me suis avancé jusqu'au comptoir où Paps observait un petit écran, allongé dans son fauteuil, avec une cigarette et une bière à la main.

Je lui ai demandé si c'était bientôt l'heure de rentrer.

Paps a fait un grognement de chien, il a montré les dents, mais il a posé sa bouteille et m'a pris sur ses genoux. J'ai mis la tête contre sa poitrine et il a commencé à passer une main dans mon dos de la nuque aux reins ; il n'arrêtait plus.

« J'aime bien dormir dans un lit, j'ai dit.

– Moi aussi, m'a répondu Paps. Moi aussi. »

Assis sur ses genoux, je voyais par la vitrine. À quelques mètres, sur le mur en brique du bâtiment, il y avait une ampoule orange enfermée dans une boîte en métal maillé.

« Pourquoi ils ont mis cette lampe dans une cage ? j'ai demandé.

– Pour la même raison qu'on met les oiseaux dans des cages.

– Qu'est-ce que ça veut dire ?

– Pour pas qu'elle s'envole.

– Tu peux la libérer ?

– D'après toi ? »

Au bout d'un moment, Paps a éteint la petite télé sur le comptoir.

« Je pense que le bruit t'a réveillé », il a murmuré près de mon oreille, et j'ai hoché vigoureusement la tête.

Je sentais les muscles dans sa poitrine, et dessous, son cœur qui travaillait. Je me suis endormi.

À mon réveil, j'étais encore dans les bras de Paps, mais il me secouait puis m'a posé par terre en s'écriant : « Merde, merde, merde. »

Il s'est avancé jusqu'à l'endroit où Manny et Joel étaient couchés et leur a donné des petits coups de pied.

« Debout. Vite », il a dit.

Mes frères ont gémi en essayant d'échapper à sa botte.

« On y va ! On est en retard ! » a crié Paps.

Avant même qu'ils soient debout, Paps était en train de rassembler les couvertures. Il a tiré si fort que Joel a trébuché puis il est tombé. On a ri jusqu'à ce que Paps gifle Manny et que Manny fonde en larmes. À partir de là, on n'a plus rien dit.

« Emmène tes frères à la voiture, cachez-vous sous les couvertures et attendez-moi, il a dit en secouant Manny par le bras. *Entiendes* ? »

Quand on est sortis, le gardien du matin était là, la relève de Paps – plus grand que lui, et blanc. Il soufflait sur un gobelet en polystyrène, et le gobelet lui renvoyait de la buée à la figure. Quand il nous a vus tous les trois, il a arrêté de souffler et a posé le gobelet sur le muret qui séparait le trottoir du petit jardin.

De gauche à droite, de droite à gauche, son regard froid et intrigué s'est promené sur nos visages, notre tas de couvertures et même nos petites bottes en caoutchouc. Aucun de nous n'a osé parler. Seul Manny a bougé un peu et s'est caché la joue derrière une couverture. Puis Paps est apparu et a brisé le charme. Il nous a poussés vers les marches en tendant la main au type. Il l'a serrée fort et a dit d'un ton assuré : « Bonjour » en le regardant droit dans les yeux.

« C'est à toi ?

– C'est ce qu'elle arrête pas de me répéter. »

L'homme s'est accroupi et a froncé les sourcils.

« Au moins, vous n'êtes qu'à moitié laids, contrairement à votre papa. »

On était à moitié laids, à moitié noirs, à moitié sauvages. Les adultes s'inclinaient toujours vers nous en disant qu'on avait hérité de Ma pour ci et de Paps pour ça. On a continué à observer Paps, immobile. Il nous a lancé un regard impossible à interpréter, mais sérieux, si sérieux.

« C'est quoi, ça ? » a demandé le type en tirant sur un coin de mon sac de couchage.

J'ai regardé Joel debout près de moi. Joel a regardé Manny.

« Écoute, mon gars, a dit Paps. Faut qu'on parle, tous les deux.

– Votre papa vous fait dormir par terre ?

– Je t'ai dit qu'il fallait qu'on parle. »

Le type s'est redressé de toute sa hauteur.

« Parler ? »

Paps a glissé une main dans sa poche, en a sorti les clés de sa voiture et les a posées sur le baluchon de Manny.

« Va t'installer dans la voiture avec tes frères, il lui a dit tranquillement, et attention à ne rien faire tomber. »

Puis en se retournant vers le type, Paps lui a lancé :

« Tu peux parler à mes gosses, mais pas à moi ? »

Dans la voiture, on s'est agenouillés à l'avant sur le siège passager, les coudes sur le tableau de bord, la tête entre les mains. On regardait par le pare-brise en direction des marches où Paps et le type fumaient en faisant de grands gestes. Paps pointait un doigt sur le type, vers nous dans la voiture ou le ciel, mais l'homme se contentait d'agiter les bras dans le vide. De la vapeur et de la fumée s'échappaient de leur bouche, et le gobelet de café est resté intact sur le muret.

« Combien vous pariez que Paps va le frapper ? a lancé Manny.

– Vous avez vu le type ? a dit Joel. Il est pas du genre à se battre.

– Il s'est endormi, je dis.

– Qui ça ?

– Paps. Il s'est endormi. »

Joel et Manny ont arrêté de lutter pour la meilleure place et ont observé Paps de plus près.

« Donc c'est pas notre faute ? a demandé Joel.

– Un peu, dit Manny. C'est toujours un peu notre faute. »

Paps s'est approché du café du type et a frappé dedans, fort, comme s'il voulait l'envoyer loin. On a vu le liquide brun décrire un arc et éclabousser le trottoir. Le type a plissé les yeux, secoué la tête et craché par terre, puis il s'est éloigné pour entrer dans le bâtiment.

Le temps que Paps ouvre la portière, Manny et Joel étaient déjà à l'arrière et avaient mis leur ceinture, essayant de se rendre invisibles, mais Paps s'est tourné sur son siège, a attrapé Manny par les cheveux et lui a crié :

« Les clés ! »

Manny lui a tendu les clés.

« Quand je te dis de bouger, tu bouges, compris ? »

Aucun de nous n'a rien dit.

Il a lâché Manny et s'est tourné vers moi, il m'a agrippé par le menton et a enfoncé les doigts dans mes joues.

« Compris ?

– Oui, Paps. »

On est rentrés à la maison sans un mot, on dessinait sur la condensation des vitres. Alors qu'on approchait, Manny a eu le courage de demander :

« Tu vas être viré ? »

Paps a eu un rire bref, un rire méchant.

Manny a essayé à nouveau.

« Qu'est-ce que t'a dit ce type ?

– D'après toi ? »

Paps a donné un coup de poing dans le plafond de la voiture. Ce bruit nous a fait peur et on s'est préparés au pire, mais rien.

« C'est ce qu'ils disent toujours, "d'après toi" », a soufflé Manny d'une voix moqueuse, mais tout bas.

Paps n'a pas eu l'air d'entendre. Il a continué à rouler comme si de rien n'était.

« Ouais, j'ai répondu. C'est ce qu'il a dit cette nuit. Sur la lumière.

– Quelle lumière ?

– La lumière en cage de l'autre côté de la vitrine. Je lui ai demandé s'il pouvait la libérer, et il m'a dit "d'après toi" ? »

Joel a réfléchi comme un vrai penseur, une main sous l'aisselle et l'autre qui pinçait son menton.

« D'après toi, il a répété.

– C'est pas le problème, a dit Manny.

– Moi je parie qu'il pouvait la libérer », a dit Joel.

Il a attrapé l'arrière du siège de Paps, s'est penché vers lui et a demandé :

« Tu pouvais la libérer, cette lumière, non ?

– Bien sûr qu'il pouvait, a dit Manny en se

joignant à nous. Personne a dit que tu pouvais pas le faire, Paps. Personne ne dit *ça.* »

Paps faisait des bruits bizarres ; il sifflait et il haletait. Il a frappé le tableau de bord avec ses paumes, puis il a refermé le poing et il a commencé à cogner fort, mais lentement et régulièrement, à croire qu'il enfonçait un clou. Pour finir, il s'est mis à battre trois mesures, comme s'il tapait sur un tambour en rythme avec une musique qui passait dans sa tête. Il s'est essuyé le nez et les yeux, puis s'est remis à taper. Boum. Boum. Boum.

« Il pleure ? a demandé Joel.

– Avec son poing ? »

Il avait pas l'air de pleurer ; c'était pire que pleurer. Il était calme, mais aucun de nous ne l'avait jamais vu pleurer, alors on ne savait pas trop. Paps n'a pas dit un mot, il y a juste eu ces coups pendant plusieurs kilomètres. Quand on croyait qu'il allait s'arrêter, il continuait ; quand on croyait qu'il allait se mettre à parler, à hurler ou à jurer, il gardait le silence. Son souffle s'est un peu apaisé, mais l'eau et la morve continuaient de couler, et il y avait ce sifflement, ce halètement.

Au bout d'un moment, ses coups, si effrayants au début, sont devenus le seul bruit, et c'était tout, et au bout d'un moment encore, Joel a frappé à son tour du poing sur la vitre en rythme avec Paps.

Boum. Boum. Boum.

Puis Manny a fait pareil contre sa vitre sur le même rythme. Paps ne s'est pas retourné. Il ne nous regardait pas ; il se contentait de battre en rythme. Alors j'ai tapé sur l'accoudoir central en plastique, et c'était comme si on bâtissait quelque chose, tous les quatre, tous en colère, légers, rendus fous par ce rythme.

Quand on a atteint notre rue, on a chanté des comptines, toujours sur le même rythme.

« Fini le travail ! a crié Manny.

– Fini par terre ! j'ai chanté.

– Fini ! Le… café ! » a hurlé Joel, et on a tous éclaté de rire. Même Paps a lâché un petit gloussement de surprise.

On a roulé sur la banquette en se tapant les cuisses, on a essayé de chanter « Fini le café » mais on s'étouffait tellement on riait fort, jusqu'à ce que Manny dise :

« Arrêtez, arrêtez, j'en peux plus. Je pleure. »

Joel a répliqué en tapant le rythme de « No More Crying » sur la vitre. Et bientôt, on l'imitait tous.

« No More Crying ! No More Crying ! »

On a chanté dans la rue et dans l'allée jusqu'au perron et l'intérieur de la maison, où Ma était déjà rentrée et s'était déshabillée pour dormir. Elle est sortie de la chambre en soutien-gorge et culotte en se frottant les yeux et en demandant ce qui se passait, bon sang ; nous, on chantait et on cognait contre les murs et la petite table du canapé où Paps, affalé, se cachait les yeux avec les mains.

« No More Crying ! No More Crying ! »

Ma a essayé de brailler par-dessus le vacarme ; elle nous demandait ce qui se passait, elle appelait Paps par son prénom pour lui faire cracher ce qui se passait, putain. Elle s'est assise à côté de lui, a mis une paume sur son front, puis nous a dit :

« Il est juste fatigué, il est fatigué, c'est tout. »

Puis elle l'a regardé et a dit :

« Tu es juste fatigué, chéri, c'est ça ? »

Paps se cachait toujours les yeux. Il a dit sans retirer ses mains de la figure :

« On n'y échappera jamais. Jamais. »

On ne savait pas à qui il parlait, mais ça nous a calmés. Nos coups se sont transformés en petites tapes sur la table. On chantait toujours, mais c'était devenu un murmure ou presque, et ça n'était plus drôle.

« Qu'est-ce que tu veux dire par là ? a demandé Ma.

– Personne, a dit Paps. Pas nous. Pas eux. Aucun de nous échappera à ça. » Il a relevé la tête et a balayé le bras devant lui. « À ça. »

Pour finir, on s'est tus.

Ma s'est levée, a pris la main de Paps et l'a cachée entre les siennes.

« Non », elle a dit d'une voix encore plus calme que tout ce qu'on connaissait. « T'as pas le droit. »

Ce putain de pick-up

Paps est parti chez le vendeur de voitures, et on a passé l'après-midi tous les trois sur la pelouse devant la maison à arracher les pissenlits jaunes et à les frotter sur nos bras pour les dorer en attendant son retour.

Notre vieille voiture était morte la veille au soir, quand on était allés déposer Ma au boulot. Le moteur avait lâché en pleine voie rapide, sous la pluie. Paps avait frappé sur le volant, il pleurait du poing, il a juré en anglais puis en espagnol, il s'est pris la tête entre les mains en silence un long moment, se frottant les yeux avec les paumes et respirant profondément. Il a fini par regarder autour de lui et a repéré des sacs en plastique par terre. Il nous les a mis sur la tête, on est descendus de voiture avec prudence et on a tracé la route sur le bas-côté. On se faisait asperger par les semi-remorques qui nous dépassaient jusqu'à ce qu'enfin, un automobiliste, une femme, s'arrête et nous ramène chez nous.

Dans la voiture de la dame, Paps l'a remerciée plusieurs fois puis il s'est tourné sur son siège et a dit : « Demain, je vais chez le vendeur de voitures et j'en achète une nouvelle. »

On l'a pas cru, mais la femme, si. Elle a dit que c'était une idée merveilleuse, et elle a tendu le cou vers le rétroviseur pour essayer de voir notre réaction.

Mais le lendemain matin, Ma a dit la même chose : on aurait une nouvelle voiture le jour même.

On attendait sur la pelouse, Manny avec des jumelles en plastique et Joel perché dans un arbre, il racontait qu'il voyait tout jusqu'au vendeur de voitures. Un pick-up est apparu au coin, et Manny a soufflé : « C'est lui. » Il l'a dit si bas et si distinctement qu'on a su qu'il racontait pas d'histoires, alors on a couru dans la rue en se tirant sur les manches pour se faire tomber, insouciants.

Quand Paps nous a vus arriver, il a crié de joie, il hululait et il hurlait, mais comme il avait les vitres remontées, on n'entendait rien ; on voyait juste les veines de son cou saillir, sa bouche s'ouvrir et se refermer comme une marionnette. Il a ralenti, baissé sa vitre et on a couru à sa hauteur.

« Les garçons, je vous présente le nouveau membre de la famille !

– Pas possible ! » on a dit.

Certains gosses du quartier nous ont rejoints. Notre père continuait à rouler vers la maison à deux à l'heure, un sourire fier sur le visage, et nous, on était autour du pick-up, on sautait pour essayer de voir l'intérieur comme des chiens mal entraînés.

Le temps que Paps coupe le moteur, ouvre la portière et descende sur l'allée en gravier, il y avait au moins une demi-douzaine de gamins autour du pick-up qui montaient sur la plate-forme, ouvraient la boîte à gants ou passaient leurs mains sur le cuir.

L'engin était bleu cobalt avec une banquette à l'avant et un levier de vitesse tout fin d'une cinquantaine de centimètres relié au sol. Tout y était neuf et brillant, l'épaisse gomme des pneus comme les pare-chocs scintillants. Les gros rétroviseurs latéraux ressemblaient à des oreilles d'éléphant. Il y avait sept autres pick-up dans le quartier, mais le nôtre était le plus impressionnant. Aussitôt, mes frères et moi, on a commencé à diriger les autres gosses : « Mettez pas vos sales doigts sur les vitres ! Y a que nous qui avons le droit de nous asseoir au volant. »

Ma est sortie et s'est immobilisée sur la véranda, l'air fatigué et furieux. Elle avait les yeux rouges, la bouche close et les lèvres pincées. Elle tenait ses chaussures dans une main. Elle les a lâchées par terre et s'est assise sur la première marche.

« Alors, Mami ? a lancé Paps.

– Il a combien de sièges ? elle a demandé en attrapant une chaussure et en défaisant les lacets.

– C'est un pick-up, a grommelé Paps. Il a pas de sièges, il a une banquette. »

Ma a souri d'un sourire mauvais en direction de sa chaussure ; elle gardait la tête baissée.

« Combien de ceintures de sécurité ? »

Les gosses du quartier sont descendus du pick-up et ont disparu. Toute notre excitation s'est retirée, comme la marée, en même temps qu'eux.

« Pourquoi tu réagis comme ça ?

– Moi ? a demandé Ma, puis elle a posé à nouveau sa question : Moi ? Moi ? *Moi ? »* Chaque *moi* plus fort et plus frénétique que le précédent. « Combien on a d'enfants, putain ? T'as des enfants, une femme, et combien tu gagnes ? Combien tu gagnes, à rester le cul sur une chaise toute la journée, pour te payer ce pick-up ? Ce putain de pick-up qu'a même pas assez de ceintures pour toute ta famille ! » Elle a craché en direction de l'allée. « Pick-up de connard, va ! »

Là, Paps a fait un grand pas vers elle et l'a giflée, mais elle a continué à lui crier à la figure :

« Pick-up de connard ! Pick-up de connard ! »

Elle avait le cou et les joues rouge vif, elle était en larmes, elle était furieuse. Sa queue de cheval s'est détachée, elle a frappé Paps à la poitrine puis il a fini par mettre une main en travers de sa bouche et il l'a attirée à lui de son bras libre, il l'a pressée contre son corps et a dit :

« Doucement, Mami. Doucement. »

Elle s'est débattue en criant jusqu'à ce qu'il ajoute :

« D'accord, tu as gagné. » Il l'a répété un million de fois. « Tu as gagné, tu as gagné, tu as gagné. Je suis là, je t'ai entendue, tu as gagné. » Ma a fini par se fatiguer, elle a arrêté de se débattre, son visage s'est apaisé, elle s'est frottée d'une main là où il l'avait giflée.

Mes frères et moi, on a échangé des regards déçus ; nous, on le voulait ce pick-up.

« Si elle l'aime pas, elle a qu'à pas le prendre », a dit Manny.

Paps nous a lancé un regard noir, genre, faites attention à ce que vous dites.

« J'irai le rendre demain, il a déclaré en écartant un peu Ma de lui pour la regarder dans les yeux. Si tu veux, j'achèterai un monospace, Mami. Je prendrai une voiture de grosse dame, c'est ça que tu veux, devenir une grosse dame ? Une vieille ? »

On a tous ri. Même Ma a souri.

« Mais ce soir, on a un pick-up, alors on va faire un tour, d'accord ? On va faire une balade qu'on n'oubliera jamais, comme ça plus tard, on parlera toujours de la fois où on a eu un pick-up. »

Ma n'a pas accepté tout de suite, mais après le dîner, elle est montée dans la chambre et est redescendue avec sa robe rouge et ses anneaux en or aux oreilles. Mes frères et moi, on est allés chercher nos pistolets en plastique dans le garage et on a sauté sur la plate-forme. On n'avait pas besoin d'aller dans un endroit particulier. On roulait. On traversait la nuit sans un bruit. On a fait le tour du quartier, puis on est partis, on a pris des petites routes, on a longé des champs de blé, Ma blottie contre Paps, la tête sur son épaule, le vent qui faisait flotter ses cheveux tout autour, et nous, les garçons, on rebondissait à l'arrière en pointant nos armes sur les étoiles pour les abattre une par une.

Canards

Paps est rentré à la maison les yeux gonflés de sommeil et les oreilles rouge vif, il s'est penché sur Ma, il l'a coincée contre le comptoir, l'a embrassée, l'a pincée partout, et Ma, qui s'apprêtait à partir pour la brasserie, a dit : « Stop, stop, stop. »

Mais il a continué : il lui a passé les bras autour de la taille et l'a poussée vers la chambre. Elle traînait des pieds, elle a essayé de s'agripper au comptoir, au mur, à l'embrasure de la porte en disant : « Stop, chéri, je t'en supplie », d'une voix toujours plus basse et plus grave. « Stop. » Il l'a soulevée de terre et l'a tirée dans l'escalier en riant de sa colère. Elle s'est retenue à la rampe, et il a tiré jusqu'à ce qu'elle lâche prise. Il ne voyait pas sa figure, mais nous, si. D'un regard fou, sauvage, désespéré, elle cherchait quelque chose pour s'accrocher. Un instant, elle nous a même lancé un regard suppliant : elle nous demandait de l'aide, mais on est restés immobiles, hors d'atteinte, spectateurs. Là, son expression s'est ternie et apaisée un peu. Elle a même eu un petit sourire attristé. Qu'est-ce qu'on y voyait ? De la déception ? De l'indulgence ? Ça a duré un instant, juste un instant, avant que Paps referme la porte de leur chambre d'un coup de pied.

On est allés chercher les couvertures sur nos lits, on a pris les coussins du canapé et on s'est fabriqué un nid devant la télévision. On ne voulait pas coucher à l'étage. On s'est endormis avec des flashes bleus sur les paupières au son des gémissements et des murmures de la publicité nocturne qui emplissait nos rêves.

Ma a fini par partir au travail pour effectuer son service puis elle est rentrée. Là, elle nous a secoués pour nous réveiller en nous disant :

« Montez dans ce pick-up et ne posez pas de question. Je n'accepte aucune question. »

Ma disait toujours « ce pick-up » ou alors « le pick-up de votre père » ; contrairement à sa promesse, Paps n'avait pas rapporté le pick-up, et on savait qu'il ne le ferait jamais.

On a roulé jusqu'à un parc avec un kiosque blanc muni d'un escalier et des canoës renversés et à moitié immergés dans la rivière. Il y avait aussi des balançoires en pneu, pour la plupart cassées et pendantes au bout de leur chaîne au-dessus d'ornières ; une grande pelouse mal entretenue qui allait de la rivière à la route, et notre pick-up garé en partie sur l'herbe, en partie sur le bas-côté. Il n'y avait pas d'autres enfants. Ils étaient tous à l'école.

Sur la plateforme du pick-up, des sacs-poubelle contenaient nos vêtements, leur plastique blanc étiré jusqu'à devenir laiteux et translucide et, à certains endroits même, déchiré par les coins de lettres, d'enveloppes et de photos. Dans la cabine, Ma s'était allongée sur la banquette en disant qu'elle avait besoin de faire une sieste. Elle avait mis un bras sur ses yeux pour cacher la lumière du jour – partout sur la pelouse, la rosée décomposait le soleil en étincelles qui étaient comme des milliers d'astres minuscules accrochés aux brins d'herbe.

On est partis tous les trois dans le parc en gardant le pick-up à l'œil. On a découvert un arbrisseau entouré d'un grillage, et on l'a plié jusqu'à ce qu'il se brise en échardes près de la base – à l'intérieur, sa sève jaune était humide et triste. On se liguait à deux frères contre un, puis tout à coup, l'un des deux faisait allégeance, et le troisième était à son tour bousculé et embêté, puis une nouvelle trahison se produisait, et encore une. On a passé les longues heures de la matinée et du début d'après-midi comme ça, sans parler, sauf à coup de défis et d'humiliations, en s'écriant : « Ah ouais ? » et en jurant. On ne disait rien sur ce qui risquait d'arriver. On était durs, on était courageux.

Sur la bascule, Joel m'a retenu en l'air.

« Laisse-moi descendre, j'ai crié.

– Espèce de fillette, je te laisserai jamais redescendre », a dit Joel mais il l'a fait.

Il a sauté de la balançoire, et je me suis écrasé par terre. Mon coccyx a rebondi, vibré, au bord de l'explosion. Et pourtant, je suis remonté sur la bascule en disant :

« Promets-moi que tu le referas pas. »

Il a promis.

Et il a recommencé.

Et il a recommencé encore.

On a suivi le bord de la rivière en écartant les ronces. À un certain endroit, l'autoroute franchissait l'eau. On a décidé de gravir le talus. La pente était meuble et raide, on n'avait pas grand-chose pour se retenir, mais on a réussi, moi au milieu, poussé par Joel et tiré par Manny arrivé au sommet. On s'est avancés en file indienne au bord de la quatre voies jusqu'au milieu du pont, où on s'est assis, les jambes dans le vide et les bras sur la rambarde. On sentait un souffle d'air sur notre nuque quand les voitures passaient. Les gens klaxonnaient et nous criaient de décamper. Une dame s'est garée dans les herbes folles à l'autre bout du pont et a hurlé que ce n'était pas un endroit pour des petits garçons. On a fait mine de pas l'entendre, mais elle est venue jusqu'à nous d'un pas mal assuré et a proposé de nous conduire là où il fallait. On a refusé poliment en regardant nos pieds, elle a insisté en disant qu'elle ne pouvait pas, sans avoir mauvaise conscience, nous laisser là, jusqu'à ce que Manny se redresse et lui dise : « Casse-toi, salope. » Il a ramassé un caillou, puis Joel et moi on l'a imité en criant : « Salope, salope » en ramassant tout ce qu'on pouvait trouver. La dame a battu en retraite dans sa voiture.

On est retournés au parc vérifier que Ma dormait toujours dans le pick-up. Joel a demandé :

« Qu'est-ce qu'on fout ici, putain ? »

Une question à peine écoutée, à peine énoncée, d'une voix basse, et de toute façon stupide.

On a retourné un canoë dans le bon sens, on l'a

attaché à un arbre et on s'y est installés. On s'est endormis au bruit du clapotis de l'eau, la sourde pression du soleil de l'après-midi sur nos visages. Des bruits sur la fibre de verre au fond du canoë et le son d'un plongeon nous ont réveillés. Le soleil avait disparu, le ciel dégoulinait de rose. Autour de nous, des canards mangeaient en silence des bretzels tombés dans l'eau. Ma, assise sur un banc, nous a souri et s'est mise à rire.

« Je croyais qu'on vous avait kidnappés », elle nous a crié en sortant des bretzels de son sac.

On s'est étirés et on a couiné, elle a tenté de lancer les bretzels directement dans notre bec, mais elle n'était pas très douée pour nous nourrir.

« On s'en va ! » a lancé Ma, et on l'a suivie jusqu'au pick-up en parlant de notre journée, en racontant tout le mal qu'on avait dit, en se battant pour savoir qui s'assiérait près de la vitre. On a regardé dans le sac de Ma : il était à moitié rempli de bretzels, et on lui a demandé où elle les avait eus.

« Votre mère, elle a dit, c'est une maligne. »

C'était étrange de l'entendre dire *votre mère* et un instant, j'ai imaginé que notre vraie mère essayait d'aider Ma et lui remplissait son sac à main de bretzels.

Dans le pick-up à l'arrêt, tous les quatre, on a mâché les bretzels jusqu'à les transformer en bouillie qu'on a forcée à descendre dans notre gorge, même quand on a eu la bouche sèche. On n'avait rien mangé d'autre de toute la journée.

« L'Espagne, a déclaré Ma. J'ai toujours voulu aller en Espagne. On pourrait faire ça. »

Je me suis dit qu'on ne pouvait sans doute pas aller jusqu'en Espagne en voiture, mais je n'en étais pas absolument sûr, alors quand Ma a parlé des corridas et des enfants qui nous ressembleraient, avec leurs cheveux noirs et bouclés, leur peau mate et leur corps maigre, quand elle a parlé des rues pavées et de la vie qu'on aurait à vendre au marché des pains qu'on sortirait d'un panier en osier, je me suis dit que tout était possible. Alors on l'a écoutée, ajoutant ce qu'on trouvait, et on s'est fabriqué une vie.

La nuit tombait, on n'était allés nulle part, tout était éteint dans le pick-up, et l'obscurité a creusé l'espace entre nous. Ma n'arrêtait pas de parler de l'Espagne ; elle a trouvé un nom au petit chien qu'on adopterait, il viendrait nous chercher à l'école parce qu'en Espagne, il y avait des chiens partout, qui mordaient les chevilles et réclamaient des miettes.

Dans la rue, les ampoules orange des réverbères se sont éclairées. L'affichage digital du pick-up s'est allumé. De temps en temps, une voiture passait, mais sinon, la route était très calme et tout à coup très sombre. Les réverbères étaient en forme de T, on aurait dit des palmiers, et les ronds de lumière qu'ils projetaient par terre était comme des îlots solitaires.

Cette mer d'obscurité m'a rappelé une phrase que disait toujours Paps : « C'est plus simple de couler que de nager. » Il adorait dire ça.

La conversation s'est tarie, et il y a eu des silences comme si chacun de nous se détachait des autres ; peut-être qu'on pensait à manger, qu'on cherchait à savoir si on avait peur, et si oui, de quoi, mais peut-être aussi qu'on pensait à Paps. Ma a essayé de continuer à parler, de maintenir tout ça – le silence, la faim, la pensée de Paps – à distance, mais elle ne savait plus quoi dire.

« Bon, elle a fini par lancer, qu'est-ce qu'on fait ? »

Et elle a attendu.

« On peut rentrer à la maison, mais on n'est pas obligés. On n'est pas obligés de rentrer. On peut partir pour toujours. C'est possible. Mais vous devez me dire ce que je dois faire. »

Personne n'a rien dit, j'ai essayé d'écouter des bruits lointains et de deviner ce que c'était – des animaux, des satellites. Les bruits proches, c'était plus facile ; Ma qui butait sur les mots, qui avait un chat dans la gorge, et la respiration tendue de mes frères.

« Mon Dieu, a soufflé Ma. Dites quelque chose ! Vous croyez que c'est facile ?

– Quelque chose », a répété Joel, et Manny a tendu le bras pour le frapper.

Ma a mis la clef sur le contact et a démarré. On a repris le même chemin en sens inverse, et pour finir, on s'est garés dans l'allée de la maison. On avait eu peur qu'elle puisse vraiment nous emmener loin de Paps, mais on était aussi excités par la folle possibilité de ce changement. Maintenant, devant notre maison, on pouvait se sentir déçus en toute tranquillité, ce qui s'est produit. J'ai senti l'amertume dans le silence de mes frères. Je me demandais si Ma la sentait, elle aussi.

« Je parie que vous avez faim », elle a lancé.

On ne s'est pas autorisés à lui répondre. Ni à avoir faim.

Sans un mot, elle est descendue de voiture et a récupéré nos sacs sur la plateforme. Il y avait une lampe allumée dans le salon, mais les stores étaient baissés. Ma a claqué la portière arrière du pick-up, et Paps est apparu à la fenêtre : il a écarté les stores, il a mis ses mains autour de ses yeux et s'est appuyé contre la vitre. La lumière dans la maison était chaude, elle éclairait autour de Paps et se déversait sur la pelouse. Ma a ouvert la porte et a disparu dans le halo.

On a attendu un peu plus dans le pick-up, puis on est sortis et on s'est éloignés, on est partis dans la rue.

« J'ai vraiment cru qu'il allait se passer quelque chose, a dit Joel. J'ai vraiment cru qu'on allait partir quelque part.

– On aurait dû buter cette femme, putain ! a fait Manny. Et ensuite, lui prendre ses clefs et sa voiture.

– Quelle femme ? j'ai demandé, mais ils ne m'ont pas répondu.

– Ouais, a renchéri Joel. On aurait dû lui éclater la tête. Et puis lui vider la cervelle et la donner à manger aux canards.

– Quelle femme ?

– Non mais tu entends ce gamin ? a lancé Joel à Manny. "Quelle femme" ? On n'a vu que deux femmes aujourd'hui, la femme sur le pont et Ma. Mais les canards, ça mange pas de cervelle.

– Bien sûr que si. Pourquoi ils en mangeraient pas, s'ils ont faim ? »

J'essayais de ne pas les écouter. Je me demandais si quelqu'un viendrait soigner l'arbre qu'on avait cassé, un gardien de parc, un médecin qui connaissait les veines et les racines, quelqu'un qui puisse le guérir.

« Ils tomberaient malade. Et ils mourraient.

– Non mais t'as vu ces saloperies ? Pour moi, c'est juste des saloperies de canards qui crèvent de faim. »

Manny s'est arrêté au réverbère et a fait demi-tour. Il a croisé les bras et a penché la tête d'un côté – alors Joel a croisé les bras lui aussi et a incliné la tête.

« Tu sais quoi ? a lancé Manny, ces canards sont trop malins pour bouffer la cervelle de ces salopes. »

Tranchée

Le bruit de Paps qui creusait dans le jardin derrière la maison nous a réveillés, ses grognements, ses efforts, ses coups de pelle. On a ouvert la fenêtre et on s'est penchés dans l'air du petit matin, endormis et perdus, encore en sous-vêtements, notre peau d'une teinte estivale marron foncé. Si Paps avait levé la tête, il aurait vu une bête à trois torses, mais il n'a pas levé la tête, et on ne l'a pas appelé.

Ces dernières semaines, on s'habillait avec des vêtements militaires trop grands qui provenaient d'un carton que Ma avait ramené du travail. Un homme était mort, un homme dans l'armée. On avait coupé les manches et le bas des chemises ; on portait des shorts longs en guise de pantalons. On attachait le tout avec de grandes ceintures en coton vert de l'armée à boucle coulissante. Il y avait aussi dans le carton des casquettes, des bandanas et trois débardeurs olive en maille qui formaient un petit tas. Ils étaient normalement portés près du corps, mais sur nous, ils pendaient, le trou des épaules descendant jusqu'à notre taille. Les T-shirts en maille étaient nos préférés, on avait l'impression de ne rien avoir sur le dos.

Manny a étalé une noisette de cirage sous nos yeux, puis on est sortis tout doucement par la porte et on s'est glissés le long de la maison en passant sous une haie ; des espions militaires. Ces dernières semaines, on était en guerre.

« Il creuse une tombe, a murmuré Joel.

– La tombe de qui ?

– Nan, a fait Manny, c'est une tranchée.

– C'est pas une tranchée, a insisté Joel. C'est une tombe.

– La tombe de qui ?

– Comment je le saurais ? La tombe de Ma, j'imagine. Ou peut-être la tienne.

– Nan, je dis. Nan, pas la mienne. »

Paps n'arrêtait pas de creuser et d'extraire des pelletées de terre ; la terre collait à son dos à cause de la sueur, s'étalait sur ses joues et son front. Grognement, effort, coup. La terre surgissait par tranches sombres et fraîches. Il a creusé de plus en plus vite puis a jeté sa pelle, il est tombé à genoux et a continué à la main. On s'est approchés en rampant sans se faire remarquer jusqu'à voir le sommet de son crâne et ses épaules qui bougeaient quand il sortait la terre du trou. Il a creusé jusqu'à ne plus pouvoir respirer, jusqu'à s'effondrer, à bout de souffle, dans la terre.

On s'est redressés et on s'est penchés par-dessus bord pour regarder dans le trou.

« Je sortirai jamais d'ici », a dit Paps.

Des pans de parois s'étaient effondrés et l'avaient recouvert de terre marron, sauf le sang sur ses articulations et le bout de ses doigts ainsi que le rouge de sa bouche qui léchait, crachait de la terre et respirait avec difficulté. Et s'il ne pouvait plus jamais sortir du trou qu'il avait creusé, ou s'il n'arrivait pas à quitter notre jardin par un tunnel pour aller ailleurs, en Chine par exemple ?

Joel devait avoir pensé la même chose, parce qu'il a demandé :

« Tu veux aller où ? »

Mais Manny lui a donné une chiquenaude à l'oreille et l'a traité de crétin.

« Et si vous donniez un coup de main à votre vieux père ? »

On s'est allongés sur l'herbe à l'extérieur du trou, on l'a attrapé par les poignets, on a tiré, mais il n'a pas bougé ; au contraire, il nous a entraînés dans le trou avec lui et nous a serrés dans ses grands bras alors qu'on riait et qu'on se débattait. On a donné des coups de pied dans les parois du trou, de la terre est encore tombée, si bien qu'on s'est tous mis à cracher et à s'étrangler, mais on ne pouvait pas s'échapper – il était fort, notre Paps, il savait comment nous retenir tous les trois.

Quand on a fini par sortir du trou, Paps a tapoté ses vêtements pour chasser la terre. On l'a suivi dans la maison en courant pour lui taper sur les fesses. On criait :

« T'en as encore là ! T'en as encore là ! »

Il a agité le poing et a lancé le bras à l'aveugle, mais il ne nous a pas touchés.

« Soyez sages, il a dit. Je vais chercher votre mère au boulot. »

Mais il a dû être distrait sur la route de la brasserie, car Ma est rentrée plusieurs heures après – elle avait travaillé toute la nuit, il était un peu plus de midi, elle était seule, ivre et furieuse.

« Où il est ? Où est le pick-up ? »

Elle nous a observés tous les trois, nos visages inexpressifs, puis elle a fermé les yeux, s'est adossée au mur et s'est laissée glisser à terre. Elle a délacé ses chaussures à coque métallique et les a lancées à travers la pièce.

« Il a creusé une tranchée », a dit Joel.

Ma a eu du mal à retirer ses chaussettes blanches. Des petites peluches collaient à ses pieds. Elle a soufflé fort et longuement dessus. Elle était très concentrée, comme si elle déballait une momie fragile. Elle a plié et déplié ses orteils, puis elle s'est attaquée aux boutons de sa grosse chemise d'homme en coton avec son nom brodé sur un écusson.

« Une tranchée ?

– Derrière.

– Qu'est-ce que vous savez sur les tranchées ? a demandé Ma en luttant contre ses boutons.

– Joel pense que c'est une tombe », j'ai dit, et le premier coup de Joel m'a touché aux reins.

Ma s'est interrompue pour nous regarder l'un après l'autre. Les pans de sa chemise étaient sortis et déboutonnés en direction de son cœur.

« Sieste, elle a dit. Tout le monde. Exécution. »

On n'a pas dormi. On est restés couchés chacun dans notre lit en se rafraîchissant avec des éventails en papier. Le cirage noir se mêlait à la sueur sur notre figure. On écoutait Ma qui ouvrait et refermait les placards dans la cuisine. Joel a plaisanté sur ses orteils vernis, leur rose enfermé dans ces chaussettes humides de sueur recouvertes toute la journée de chaussures de sécurité.

« T'as vu comme elle adore rentrer à la maison pour retrouver ses orteils ? Elle est fière de ses orteils. Folle de ses orteils. »

La porte de derrière a grincé, et on est allés voir à la fenêtre. On n'a pas pris le risque de se pencher, mais on apercevait quand même Ma. Elle se tenait debout au bord du trou, une cigarette à la main, elle regardait dedans. Puis elle a disparu de notre vue : elle s'est couchée dans le trou. Une minute plus tard à peine, le ciel s'est fendu et la pluie s'est mise à tomber – une pluie drue, qui giclait sur les fenêtres comme au lavage de voiture.

« On dirait que c'est elle qui a fait ça, a soufflé Manny.

– Fait quoi ?

– Fait tomber la pluie.

– Tais-toi.

– C'est un trou magique. »

On est allés à la salle de bain ramasser deux serviettes par terre, puis on s'est assis à la table de la cuisine et on a attendu que Ma rentre couverte de boue, ses cheveux mouillés lui collant au front. Elle a laissé tomber ses vêtements sur le linoleum. Elle ne pleurait pas, et nous voir debout ne l'a pas rendue furieuse. Elle a pris les serviettes et s'y est enveloppée, puis on l'a suivie au salon, où elle s'est affalée sur le canapé avec un soupir. On est allés chercher d'autres serviettes et on a essuyé le reste de la boue et de la pluie. Quand on n'a plus eu de serviettes de toilette, on a pris des serviettes en papier et on l'a rendue aussi propre et sèche qu'on pouvait, puis on l'a cachée sous une couverture.

« Il croit que je vais supporter ça sans rien dire ? » elle a demandé, mais ce n'était pas à nous qu'elle posait la question.

Assis par terre au pied du canapé, les genoux repliés contre la poitrine, on se lançait des regards de défi pour savoir qui descendrait dans le trou. La pluie avait cessé, c'était un orage d'été, mais le trou serait encore humide, et dans notre imagination, il s'était empli de vers, d'insectes et de taupes noyées. On avait décidé de ne pas laisser Paps approcher Ma, pas aujourd'hui – on avait des pistolets en plastique et des tenues militaires, on était la garde rapprochée de Ma – alors on ne pourrait aller dans le trou qu'à tour de rôle.

Manny est parti le premier. Il en est ressorti couvert de boue comme Ma, mais on ne l'a pas aidé à se nettoyer.

« C'est un trou magique », il a dit avec un sourire.

Il s'est secoué comme un chien et nous a aspergés de terre. Bien sûr, Joel ne croyait pas aux histoires de trou magique de Manny, mais il y est resté longtemps, plus longtemps que Manny, et quand il est revenu, ses vêtements étaient secs.

« Tu t'étais déshabillé ou quoi ? lui a demandé Manny.

– Ben ouais.

– Et ? »

Joel a haussé les épaules.

« Peut-être. Il est peut-être magique. On verra. »

La boue me dégoûtait, et même si la journée était lourde et humide, je me disais que la boue du trou serait fraîche, et ça aussi, ça me dégoûtait, comme les vers – j'en voyais déjà un, et je savais qu'il y en aurait d'autres. J'ai retiré mes vêtements comme Joel, et une fois tout nu, il n'y a rien eu d'autre à faire que descendre.

C'était une tombe. C'était ma tombe. Paps avait creusé ma tombe. Ce furent mes premières pensées, et quand je me suis installé à l'horizontale, à moitié immergé dans la boue, des histoires de personnes enterrées vivantes me sont venues en tête – avalanches, coulées de boue, suffocation – mais j'avais un vœu à faire, et je suis resté pour ce vœu. Je voyais un espace vide clos par le trou, et le ciel m'a un peu apaisé, ses nuages, ce bleu : il ne pleuvrait plus ce jour-là. Je me sentais loin de la maison, de Ma sur le canapé, de mes frères et de Paps. Les nuages semblaient avancer plus vite que jamais, et si je me concentrais, si je me détendais assez, je me mettrais à comprendre et je pourrais persuader mon corps que c'était lui qui bougeait et les nuages qui restaient immobiles. J'ai bougé, j'en étais certain, et le trou est devenu magique. Les yeux fermés, j'étais immobile, mais je sentais le mouvement, parfois comme un plongeon, parfois comme si je flottais, que je m'étirais ou rapetissais. Je m'autorisais à perdre tout contrôle, et un long, long moment s'est écoulé avant que je fasse mon vœu.

Je suis sorti à cause de leurs rires. Tous les

quatre, Ma et Manny, Joel et Paps, au-dessus de moi qui se balançaient en riant, comme des arbres. Mes frères se tenaient par les épaules, ils étaient secoués de rire et ils me montraient du doigt en disant : « Regardez-le, regardez-le ! Regardez ce bébé ! »

Ma a dit que tout allait bien, que je pouvais sortir maintenant. « Sors de cette tranchée », elle a dit.

Paps s'est penché pour me tendre la main. Il m'a dit que la guerre était finie.

Cerfs-volants de fortune

On a fait plusieurs kilomètres à pied, tous les trois, en battant des semelles sur le gravier et en traînant des bâtons. On fuguait. On partait à la recherche de la liberté. Au-dessus de nos têtes, les branches nues se transformaient en ombres effilées et le ciel s'assombrissait, se couvrant d'un linceul violet. Le froid est devenu plus vif, et Joel et moi, on a dit tout fort qu'on devrait peut-être faire demi-tour.

« On est sur la bonne route, a dit Manny. Tout va bien. On ne risque rien. »

On a trouvé un champ vide, on a jeté nos sacs à dos sur l'herbe et on a installé notre camp. Le vent fouettait le bout de nos oreilles et a arraché un sac en plastique des mains de Manny. Il a jugé que c'était un signe, et il a fouillé dans notre matériel jusqu'à y trouver un gros rouleau de ficelle et trois sacs-poubelle noirs. On a fabriqué des cerfs-volants : trois sacs en plastique au bout de ficelles. On a couru, glissé, les genoux de nos salopettes se sont tachés de vert, on s'est relevés, on a couru de nouveau, on a failli s'étrangler de rire mais on a gagné en vitesse, et les cerfs-volants en sac plastique ont décollé. On les a fait voler pendant une heure au moins jusqu'à ce que la lumière du jour s'enterre dans la nuit et que toute lueur disparaisse, à part les étoiles et un éclat d'ongle en guise de lune. Noir sur noir, les cerfs-volants se faisaient invisibles. Alors on les a lâchés, et ils se sont vraiment élevés – vers le paradis, comme des prières, nos cœurs à leur poursuite.

Paps a surgi en faisant crisser ses pneus, tous phares allumés – qui ont éclairé nos sacs de couchage, nos sacs à dos et nos visages derrière nos mains.

« Merde, a fait Manny. On aurait dû s'installer dans les bois. »

Mais Paps nous aurait sans doute quand même retrouvés. C'était tout Paps, ça. Il savait retrouver même des gens qui ne le voulaient pas.

Paps a considéré que l'idée venait de Manny parce que c'était le plus âgé, et de toute façon, l'idée venait de Manny. Il n'a pas attendu d'être à la maison, il l'a corrigé sur-le-champ, tandis que les phares éclairaient la nuit, découpant de grandes ombres sauvages sur les arbres. Le moteur était allumé, la portière ouverte, si bien que l'intérieur de la voiture était éclairé et que je voyais, à dix mètres, les moucherons s'y introduire et se heurter. Il a corrigé Manny très fort ; il l'a frappé au visage, à l'entrejambe. Manny était fou de rage, il hurlait encore et encore, il beuglait : « Assassin ! »

« Assassin ! » il criait à notre père, mais personne n'était mort. Il a rampé jusqu'à moi, m'a attrapé par la manche, m'a regardé dans les yeux.

« Assassin ! il a dit.

– Qui c'est qu'est mort ?

– Moi ! Moi, je suis mort ! Et mes futurs enfants. »

Manny disait toujours des trucs fous, en général à moi, parce que Joel savait se protéger de la folie, mais moi, je ne pouvais m'empêcher d'entendre ses mots et ses cris en me contentant de détourner les yeux.

Plus tard cette nuit-là, de retour à la maison, juste avant l'aube, Manny m'a rejoint dans mon lit et m'a réveillé pour me dire qu'il avait rêvé de cerf-volant – d'un ciel rempli de cerfs-volants dont il tenait toutes les ficelles. Il m'a dit que les bons cerfs-volants et les mauvais étaient mélangés, qu'il avait essayé de garder les bons et de laisser filer les autres, mais qu'au bout d'un moment, il ne voyait plus la différence.

Je n'ai rien répondu. On était couchés sur le dos sans se toucher. Mais je le sentais tendu, tous ses muscles tendus. J'ai cru qu'il allait se mettre à pleurer ou à crier. Je me disais qu'il allait peut-être me grimper dessus.

« Paps s'est excusé, tu sais, m'a annoncé Manny, de m'avoir frappé avec les poings. Il m'a dit qu'il avait eu peur qu'il nous soit arrivé quelque chose de grave. »

Il a roulé sur le côté et a observé mon visage. J'ai fait semblant de bâiller. Je n'aimais pas son regard sur moi.

« Je croyais vraiment qu'on pouvait s'évader, il a murmuré. J'avais tout prévu – exactement comme dans le champ hier soir, je croyais que Dieu allait attraper nos cerfs-volants et nous enlever, nous protéger. »

Il m'a pris le menton et a tourné mon visage vers lui.

« Mais maintenant, je sais que Dieu a semé du propre dans le sale. Toi, Joel et moi, on est juste une poignée de graines que Dieu a jetées dans la boue et le crottin de cheval. On est tout seuls. »

Il a passé un bras et une jambe autour de moi et il est resté silencieux quelques instants ; j'ai dérivé dans le sommeil. Au bout d'un moment, Manny a recommencé, il se parlait à lui-même, il complotait, il disait : « Ce qu'il faut faire, c'est trouver un moyen d'inverser la gravité pour tomber vers le ciel et traverser les nuages jusqu'au paradis. » Et comme il prononçait ces mots, une image s'est formée dans ma tête : mes frères et moi qui battions des bras, qui nous élevions, le monde rapetissant alors qu'on dépassait les étoiles, qu'on franchissait l'espace et l'obscurité, qu'on flottait vers le ciel, jusqu'à être à l'abri du poing de Dieu.

Y avait donc personne pour empêcher ça

Dans la soirée, on a dessiné dehors un cercle à la craie qu'on a divisé en trois. On avait une balle en caoutchouc bleu, chacun de nous se tenait dans une partie du cercle et on se renvoyait la balle avec la paume en essayant de ne jamais interrompre le mouvement. À chaque coup, on imitait Paps.

« Ça, c'est pour avoir haussé le ton…

– Et ça pour m'avoir fait honte en public…

– Et ça pour avoir fait ci…

– Et ça pour n'avoir pas fait ça…

– Et ça… »

Le caniveau retenait la balle quand on la laissait tomber, et les voitures qui surgissaient dans le virage ralentissaient à notre vue. On se mettait au bord de la route et on lançait de sales regards aux conducteurs. S'il y avait des gosses dans la voiture, on leur tirait la langue et on leur faisait un doigt d'honneur. On portait des vestes demi-saison en nylon, des coupe-vent à capuche amovible qui se repliaient dans le cou comme un parachute. On avait notre balle bleue, notre colère, le ciel nocturne qui se transformait en crépuscule, le sommet des toits sur le ciel qui s'assombrissait avec les antennes, les câbles téléphoniques, et quelque part, un corbeau qui criait.

Manny a dit :

« Y a la magie blanche, et y a la magie noire. »

On l'a cru.

Ces derniers temps, Manny passait son temps à vouloir nous expliquer Dieu, à Joel et moi. Il nous a conduits dans les bois et nous a obligés à chercher des champignons, des champignons vénéneux, mis sur terre par Dieu pour la magie noire. Il y avait des champignons blancs huileux et noirs en dessous, des champignons plats accrochés à des bûches pourries, des champignons qui, quand on les pressait, crachaient un petit nuage de spores jaunes, mais aucun ne contenait la magie noire de Dieu. Puis le dernier rayon de lumière a disparu, et il a fait tout noir.

On avait froid, mais on ne rentrait toujours pas. Dans la journée, il y avait eu d'autres enfants dehors. Ils ne s'étaient pas approchés de nous, mais on les avait entendus jouer dans la rue, puis être appelés chacun à leur tour pour le dîner. J'avais peur du noir, mais personne ne le savait. Je n'avais jamais parlé de ma peur. J'avais peur de la magie noire ; j'avais peur du poison – et quand Manny et Joel ont voulu voir qui pouvait lancer la balle en caoutchouc assez fort pour casser la vitre du camping-car des Grice, garé au même endroit depuis une éternité, avec deux roues à l'arrière et un tas de bois gris pour soutenir l'avant –, j'ai eu peur qu'on se fasse punir, mais je n'ai rien dit.

La balle a heurté le verre puis a roulé vers nous, juste au bord de la forêt. Une lampe s'est allumée à l'arrière de la maison.

« Ils peuvent rien voir, ils peuvent pas nous voir. »

On a attendu, et au bout d'un court moment, la lampe s'est éteinte.

« Prends une pierre, cette fois, Joel a dit à Manny.

– Attends une minute, sinon ils vont se méfier. »

Accroupis dans la terre, on humait l'air. On se frottait le bout du nez avec le dos de la main pour le réchauffer. On ravalait notre morve. Au bout d'un moment, Joel a marmonné :

« Y fait trop froid, putain », car si l'un de nous énonçait cette évidence, alors les deux autres pourraient l'ignorer ; une façon de s'assurer que personne ne voulait rentrer. Un moment après, Manny a dit :

« La magie blanche, c'est les lapins qui sortent des chapeaux et les jeux de cartes, des trucs comme ça. »

La terre était dure et froide là où on était accroupis, et juste assez humide pour nous coller aux genoux et à la paume des mains. La terre durcissait en hiver et ramollissait en été, et la terre d'automne était ma préférée, on aurait dit du marc de café froid. De la magie noire.

« La magie noire, c'est le vaudou, les charmeurs de serpents, le poison, a dit Manny. Avec la magie noire, on peut tuer quelqu'un. »

Manny a jeté la pierre et on est partis en courant, terrorisés, le long des bois. On a couru, couru, couru, on est tombés, on a retenu notre souffle, le bruit du verre brisé résonnait toujours à nos oreilles, celui de la permanence, le bruit délicieux et choquant d'un larcin.

On s'est tournés vers la maison des Grice pour voir s'ils nous poursuivaient, et le fils Grice, le cinglé, de deux ans plus vieux que Manny mais maigre comme un clou, est apparu. Il s'est avancé jusqu'au milieu de la rue en agitant une lampe de poche. Quand il a atteint l'endroit où on avait dessiné notre cercle à la craie, il a promené sa lampe tout autour. Puis il l'a levée pour éclairer entièrement le cercle et a continué dans la rue vers l'endroit où on était accroupis, juste au bord des bois.

« Les garrrrçons, il criait, les garrrrrçons ! »

Manny est allé s'asseoir sur la bûche qui marquait la fin de la rue pour que le cinglé le voie quand il arriverait – pour qu'il sache que Manny ne se cachait pas. Joel et moi, on l'a suivi en essuyant la terre sur nos genoux et nos paumes de main.

« Trois cons sur un tronc », a lancé le cinglé en promenant sa lampe sur nous.

On s'est protégés les yeux. Le panneau sans issue de couleur jaune brillait dans le reflet de la lampe que le cinglé continuait à braquer sur nous en riant.

« Rien n'est pareil dans le noir », il a lancé, puis il a éteint sa lampe et nous a rejoints sur le tronc. Il est venu faire le con avec nous.

« Alors les gars, comment ça va ? »

Il savait qu'on venait de briser la vitre du vieux camping-car – c'était évident –, et il y avait une drôle de note dans sa voix. Le cinglé avait essayé de nous approcher ces derniers temps, de venir rigoler avec nous, on savait pas pourquoi. Peut-être parce qu'on était les seuls de son âge à traîner dehors bien après l'heure du dîner, ou alors quelque chose de plus dangereux. Il venait du nord, il disait, ou alors du Texas, ou de Californie. Des cheveux blonds presque blancs lui tombaient dans le dos comme des ficelles, mais ils étaient coupés court sur les côtés et sur le devant. Il se tenait sans cesse l'entrejambe et il sortait trois conneries par phrase. Il y avait autour de nous plein de garçons comme lui, mais en général, on gardait nos distances, on était trois métis dans leur propre univers, et les sales blancs restaient dans le leur. On se méfiait autant d'eux qu'ils se méfiaient de nous, et on n'avait pas besoin d'eux ; on se suffisait à nous-mêmes pour jouer, chasser, se battre. On était soudés. Manny inventait les règles, Joel les brisait, et moi j'essayais de maintenir la paix, ce qui parfois consistait à tomber à genoux et à me cacher la tête dans les bras, puis à les laisser me bousculer et m'insulter jusqu'à être fatigués, lassés ou pris de remords. Ils me traitaient de pédé, d'emmerdeur, me couvraient de bleus, mais ils étaient moins méchants avec moi qu'entre eux. Tout le quartier le savait : ils verseraient leur sang pour moi, mes frères, ils l'avaient déjà versé.

Et ce cinglé qui se pointait avec ses « alors les gars » nous divisait.

Il n'habitait pas la même rue que nous, et il se promenait toujours la main dans la poche pour se tenir l'entrejambe sous sa salopette.

« J'ai dit : “Alors les gars.” Vous savez pas parler ? »

Et Manny :

« Qu'est-ce tu veux ? »

Et Joel :

« Ouais, qu'est-ce tu veux ? »

Et le cinglé :

« Vous montrer quelque chose. J'ai quelque chose à montrer, mais j'ai personne à qui le montrer.

– De la magie noire ? a lancé Joel.

– Ta gueule, Joel », a fait Manny.

J'attendais que Manny dise au cinglé de se tirer de notre tronc et de notre rue. J'avais envie que Manny reste avec nous, qu'il s'intéresse pas au cinglé, qu'il le traite de débile et nous dise : « Voilà ce qu'on va faire ce soir. »

Mais Manny a continué à regarder droit devant lui.

« Quoi ? » il a demandé au cinglé.

Et Joel :

« Ouais, quoi, d'abord ? »

Le cinglé s'est levé, il a rallumé sa lampe et a dit :

« Venez. »

On l'a suivi dans la rue, et il a levé sa lampe au-dessus de notre cercle dessiné à la craie, comme un peu plus tôt.

« Vous savez ce que c'est ? »

Les grillons chantaient et les fenêtres de chaque maison étaient éclairées. On avait froid. J'ai mis mon pouce dans la bouche pour goûter la terre.

« La paix, a dit le cinglé, c'est un signe de paix. »

Manny a laissé échapper un petit rire de mépris, puis il a incliné la tête en arrière et a regardé non plus la chaussée mais les étoiles, les yeux de Dieu. Ces derniers temps, Manny regardait au loin, il regardait le ciel, et il regardait tout et tout le monde, pas seulement nous.

Puis le cinglé a dit :

« J'ai autre chose à vous montrer. Quelque chose de génial. De mieux.

– Vraiment ? » a lancé Manny.

On l'a suivi jusqu'à chez lui.

À l'intérieur, le père du cinglé fumait dans un nuage de lumière bleutée à cause de la télévision, une main sous le bras.

« Ils savent quelle heure il est ? » il a demandé au cinglé quand on est passés devant la télévision, nos ombres glissant sur lui.

« Ouais. »

Dans la cuisine, j'ai passé mes mains sur la table douce, fraîche et laquée. Le cinglé nous a offert du soda dans des gobelets en plastique. Manny et Joel ont bu très rapidement, ce qui m'a rendu nerveux. Ils cherchaient leur souffle entre deux goulées. Le père a éteint la télévision, et le bruit des grillons a jailli. Le cinglé a plissé les yeux et a écouté, pas les grillons, mais son père, le mouvement suivant. On connaissait ce plissement ; ce qui nous étonnait, c'était la façon dont le cinglé bougeait les lèvres : comme un fou, sans un mot. Il avait des yeux de bête sauvage et des cheveux blancs, et il nous troublait. Sans un mot, le cinglé nous a dit de ne pas bouger, ou alors il priait, ou il insultait son père, un juron vaudou, ou alors il faisait tout ça à la fois, juste en bougeant les lèvres.

On a écouté son père monter lourdement l'escalier

et entrer dans la chambre. Une porte a claqué, une autre télé s'est allumée. J'ai laissé tomber mon verre, le soda a coulé dans la fente au centre de la table et a fait du bruit en touchant le sol, exactement comme si on pissait par terre.

« Laisse », a dit le cinglé en ouvrant la porte du sous-sol et en nous faisant signe du doigt.

On l'a obligé à allumer le néon et à descendre devant nous. On a fait les trois premiers pas à la recherche de pièges, d'armes, de complices. Puis trois pas de plus et on s'est arrêtés. Manny a demandé :

« Tu dors ici ?

– Nan, à l'étage.

– Ça pue la merde.

– C'est une cave, tu t'attends à quoi ? Z'êtes des poules mouillées ou quoi ? Z'avez jamais été dans une cave ?

– Bien sûr que si, a rétorqué Manny.

– Nous aussi, a fait Joel. Tous les trois. Plein de fois. »

Mais le cinglé n'écoutait pas ; il s'est approché d'une commode et en a sorti une carpette.

La maison était soutenue par trois poutres métalliques. Le plafond était barré de rouleaux d'isolant accrochés au pistolet à clous, mais une longue bande s'était détachée ou avait été arrachée, et maintenant, elle léchait le sol en terre battue. Ce bout de fibre de verre était épais, rose et libre. Le cinglé nous a entraînés dans un coin clos par trois vieux volets en bois. Un trou faisait office d'embrasure, et la porte se résumait à un drap avec des casques ailés imprimés.

Dans le coin, il y avait un vieil écran télé et un magnétoscope.

« Je vais bientôt récupérer un canapé », a annoncé le cinglé en dépliant par terre la carpette en forme de tigre. Un nuage de poussière a jailli et a flotté dans l'air humide. On a mis nos mains devant notre nez et on a toussé. Le cinglé a sorti de sa salopette, sous sa chemise, un rectangle en plastique et a tenu la cassette vidéo devant lui comme un volant. Le titre avait été recouvert de marqueur noir.

« C'est ça que je veux vous montrer », il a dit.

La cassette a tourné, une image a sauté plusieurs fois sur l'écran puis s'est stabilisée pour devenir plus nette. Un adolescent blanc couché sur un lit tournait les pages d'un livre. On a frappé à la porte. Un homme est entré ; le garçon l'appelait papa.

« Qu'est-ce que tu veux, papa ? il a demandé.

– Savoir pourquoi t'as pas fait la vaisselle comme je t'avais demandé. »

Quelques mois plus tôt à la piscine municipale, une mère qui parlait distraitement avec sa fille âgée de cinq ou six ans était entrée dans le vestiaire des hommes au lieu de celui des femmes. Mes frères, mon père, moi et d'autres on était en train de se doucher, de se changer, certains habillés, d'autres nus. La mère avait rougi et elle avait aussitôt mis les mains devant les yeux de sa fille puis l'avait fait sortir rapidement. Les hommes – qui ne se regardaient jamais, ne parlaient jamais aux autres

– avaient échangé des coups d'œil et, après un silence, avaient éclaté de rire.

« Mon Dieu », avait dit la mère juste avant d'attraper sa fille et de lui couvrir les yeux, « Mon Dieu ».

Je me souvenais de ça.

Dans la télé :

« Papa, fous-moi la paix, putain ! »

Dans la télé :

« Me parle pas sur ce ton ! »

Assis sur la peau de tigre, on serrait nos genoux dans le creux de nos coudes – abasourdis, hypnotisés. On sentait une odeur musquée, celle du sol en terre. Le cinglé, qui jusque-là sifflait et répétait : « Z'avez jamais vu ça, jamais », s'était tu et se contentait de respirer par la bouche. Une fine pellicule de sueur a nappé mes paumes, et avec la sueur, il y a eu la nausée et la chaleur. Il y avait la magie noire et la magie blanche.

Dans la télé :

« Je l'ai pas fait exprès ! »

Paps ne regardait pas de porno. Il nous l'avait dit, et il ne mentait pas. S'il avait eu des cassettes ou des photos cochonnes, on les aurait trouvées. Un jour, dans une brocante, on avait découvert un carton où était écrit « Réservé aux adultes ». Le vieux marchand avait ri depuis son fauteuil de jardin en disant : « Vous pouvez regarder, mais si vous voyez une dame s'intéresser à ma vaisselle, vous vous éloignez de ce carton. »

On avait vu de la chair, des femmes, des parties génitales, des actes sexuels, mais juste en photo. Ce type et cet ado, ils étaient vivants, en tout cas, ils l'avaient été – dans cette pièce vide avec juste un lit, des draps, un livre et une caméra fixe, pas d'angles, pas de coupes, comme un film amateur.

« Tu vas voir ce que tu vas voir. »

« Mon Dieu », avait dit la mère dans le vestiaire, comme si Dieu était un cadeau qu'un méchant oiseau lui avait volé.

« Baisse ton pantalon. »

J'avais vu des mères couvrir les oreilles de leurs enfants quand quelqu'un disait un gros mot, ou quand la mère avait besoin de dire un gros mot. J'avais aussi vu une femme couvrir les oreilles d'un enfant quand une autre disait du mal de Dieu.

« Penche-toi. »

Y avait donc personne pour empêcher ça. Pas mes frères. Personne.

« Papa, je t'en supplie. »

On avait vu de la chair, mais en photos, et que des femmes. On avait vu le corps des uns et des autres – Manny, Joel, Paps, Ma et moi – on s'était vus se faire frapper, des bêtes qui gueulaient de douleur, hystériques, et désormais drogués et ivres, le regard vitreux, nus et joyeux, on avait entendu des rires aigus, des cris stridents et des larmes, on s'était vus fiers, fiers de rien, fiers de rage, piétinés et méprisés. Nous, les garçons, on en avait vu beaucoup, des femmes fauchées ou pleines aux as, qui nous aimaient ou bien nous haïssaient, mais qui essayaient, qui essayaient encore ; on les avait vu échouer sans comprendre, on avait accepté cet échec, les yeux écarquillés, sans honte, sans la moindre honte.

« Ça c'est pour… »

Mais rien comme ça.

« Et ça pour… »

C'était pas nous. Ç'avait rien à voir avec nous.

« T'aimes ça, hein ? »

Pourquoi vous ne me regardez pas, mes frères, pourquoi vous ne soutenez pas mon regard ?

Niagara

Manny et Joel avaient des mauvaises notes à l'école, alors quand un type a payé Paps pour apporter un colis aux chutes du Niagara, c'est moi qu'il a choisi d'emmener avec lui pour deux jours ; pour lui tenir compagnie. On a roulé pendant quatre heures ; Paps n'a pas dit grand-chose, juste qu'on remontait vers l'est et qu'on longeait la côte du lac Ontario. On a passé la nuit dans une chambre d'hôtel poussiéreuse, et le lendemain matin, il m'a emmené voir les chutes. Là, au bord de cette eau bruyante et trépidante, il m'a soulevé puis m'a plié autour de la rambarde jusqu'à ce que mon torse soit suspendu au-dessus de l'épais rideau. Les embruns m'aspergeaient le cou et le visage, et comme je ne criais pas, que je ne battais pas des pieds, il m'a penché un peu plus, a mis ses lèvres contre mon oreille et m'a soufflé :

« Tu sais ce qui se passerait si je te lâchais ? »

J'ai demandé :

« Quoi ? »

Et il a répondu :

« Tu mourrais. »

L'eau s'enroulait sur elle-même, elle éclaboussait, elle hypnotisait, j'essayais de fixer mon esprit sur un point, comme si chaque vague était une vie qui naissait dans une lointaine source de haute montagne puis parcourait des kilomètres jusqu'à atteindre l'endroit sous mes yeux avant, sans hésitation, de se précipiter par-dessus la falaise. J'avais envie de sentir mon corps dans ce courant ; d'éprouver la glissade et l'attraction de l'eau, d'être projeté et déchiré sur les rochers plus bas, que mon père me lâche et que je meure.

Plus tard, Paps a fait halte dans un petit musée de curiosités. Il m'a tendu un billet de cinq dollars et m'a dit qu'il reviendrait dans une heure.

« Qu'est-ce qui se passe quand on meurt ? je lui ai demandé.

– Il se passe rien. Il se passe plus jamais rien. »

Le musée exposait des moulages en cire de têtes monstrueuses – des gens nés avec deux pupilles sur le même œil ou une langue fourchue – et des vieilles photos sépia de siamois et de bébés avec une queue. Il y avait aussi une petite pièce au plafond bas équipée d'un banc où était projeté en boucle un film de trois minutes. Il montrait des hommes installés dans des barriques qui souriaient et agitaient la main, faisant un dernier geste du pouce à la caméra alors qu'ils approchaient des chutes, juste avant de disparaître par-dessus bord. *Si certaines de ces têtes brûlées survécurent miraculeusement,* couinait un commentateur, *beaucoup connurent une fin tragique.*

Des heures se sont écoulées. Un homme est venu

par deux fois passer la tête dans la salle de cinéma avec un regard intrigué. La troisième, il est entré, s'est assis à côté de moi et m'a demandé :

« T'as l'intention de regarder cette connerie encore longtemps ? »

J'ai haussé les épaules. Il portait un pantalon en velours, et j'aurais aimé passer le doigt sur sa cuisse.

« Tu te caches ?

– J'attends.

– T'en fais pas. T'es sans doute trop jeune pour ça. Où sont tes parents ?

– Mon père va venir me chercher. Il devrait bientôt arriver. »

L'homme s'est levé pour m'observer. Le film a envahi sa chemise jusqu'à la taille, on aurait dit un géant qui se dressait au-dessus des chutes du Niagara.

« Dis à ton père de venir me voir au guichet quand il arrivera. J'aimerais bien faire sa connaissance. »

Quand il est parti, je me suis placé à l'endroit où il s'était tenu, et la chute a été projetée sur mes bras et mon visage. Je me suis approché du mur pour qu'elle m'engloutisse totalement, et je me suis mis à danser. Je me prenais pour un prince-sirène, il était de mon devoir de rattraper tous ces hommes dans leurs tonneaux et de les sauver de la mort. Et pourtant, quand je mettais ma main en coupe, ils me glissaient toujours à travers les doigts. Alors, dès qu'ils disparaissaient par-dessus bord, je faisais une petite danse pour que leurs âmes gagnent le ciel. Puis j'ai arrêté de vouloir les sauver parce que j'étais en transe ; je tournoyais sur mes orteils en observant mon corps, l'eau qui coulait sur moi, j'ondulais et j'agitais les hanches dans le courant.

Quand j'ai relevé la tête, Paps était devant moi, il me regardait. Il avait les bras posés au sommet de l'embrasure, et la lumière du jour se déversait dans son dos, ce qui masquait son expression. Mais rien qu'à sa silhouette tout en muscles et à sa coupe courte afro, j'ai su que c'était lui, et j'ai su qu'il m'observait depuis un moment. Il a abaissé les mains le long de l'embrasure et les a tapées contre ses jambes.

« On y va », il a dit.

Dehors, je regardais derrière nous, je pensais que le type en pantalon de velours nous courrait après, mais il n'y avait personne.

On a dîné dans un bar avec des grands tabourets pivotants en vinyle. On a commandé des hot-dogs ; Paps a coupé le sien en deux et a englouti une moitié, puis il s'est tourné vers moi, les yeux fous et les joues gonflées. Je n'ai pas ri ; il m'avait laissé tout seul trop longtemps.

Le temps qu'on reprenne la route, il faisait noir. On a roulé toute la nuit. Paps a dit qu'il était épuisé et que je devais le maintenir éveillé. Il n'arrêtait pas de bâiller, et moi je regardais fixement son profil, ses paupières qui devenaient plus lourdes, qui tombaient et qui finalement se fermaient. Alors je l'attrapais par le bras, je le secouais, et il disait : « Quoi, qu'est-ce qui se passe ? »

On ne parlait pas. Je savais qu'il était dans un monde lointain, en partie dans ses rêves. Quand on a quitté l'autoroute pour prendre la route qui nous ramènerait chez nous, il a dit :

« C'est drôle, ouais. »

Il a dit ça comme si on avait parlé tout du long.

« Je te regardais danser, et tu sais ce que je me disais ? »

Il s'est tu, mais je n'ai rien répondu, je ne l'ai pas regardé. Je me suis contenté de fermer les yeux.

« Je me disais que t'étais beau. C'est bizarre pour un père de penser ça de son fils, non ? Et pourtant. Je te regardais danser et tournoyer, et je me disais "Bon sang, j'ai réussi à faire un beau garçon". »

La nuit
où je me suis fait baiser

En vieillissant, ils sont devenus maigres et nerveux, et grands aussi, avec un torse allongé. Leurs rotules et leurs muscles saillaient comme des nœuds sur une corde. Leur front large aux solides arêtes dénonçait leur ressemblance. Leurs joues se sont creusées, et leurs lèvres recouvraient à peine dents et gencives, comme si leur mâchoire et leur crâne voulaient s'échapper.

Leur dos s'est voûté et ils se sont mis à rôder partout. Ils étaient agités. Ils donnaient des coups de griffe.

Sur le quai de déchargement, à la lumière des réverbères, ils observaient la nuit. Ils regardaient leur respiration geler en sortant de leur bouche et disparaître dans la nuit froide. Tête nue sous la neige, ils pinçaient le filtre en coton de leur cigarette. Ils parlaient de vols avec effraction. Ils adoraient dire que quelque chose était plié – la nuit, la drogue. Par la suite, l'un d'eux, penché sur une fille, se cognerait la tête contre le miroir des toilettes, l'autre se tailladerait les bras. Ils laisseraient tout tomber. Ils mettraient des quantités de voitures dans les fossés.

Puis ils vendraient des trucs pornos. Assez vite, ils vivraient à la marge. Au boulot, ils rencontreraient des garçons comme eux, des garçons avec des dents cassées, une mauvaise haleine et le clin d'œil facile. Ils passeraient leurs soirées dans des appartements en sous-sol avec des types qui élevaient des serpents dans des aquariums. Et après, ils se rendraient compte que ces garçons n'étaient pas du tout comme eux. Qui connaissait leur vie de con, leurs races mêlées ? Qui connaissait Paps ? Ces autres garçons, ces pauvres blancs, ils avaient un héritage, des décennies de pauvreté, de violence et une lignée qu'ils pouvaient remonter comme une cicatrice. Qui étaient leurs ruisseaux, leurs collines, la source de leur bonté. Leurs grands-pères avaient construit ce quai en ciment. Et au sud de l'État, à Brooklyn, les Portoricains avaient une langue, eux. Une vraie langue.

Par la suite, ils comprendraient qu'ils étaient les seuls à être aussi impitoyables, aussi neufs, aussi orphelins.

Mais sur ce quai, ils contemplaient leur avenir et ils le voyaient autrement.

Ils étaient fiers d'être ce qu'ils étaient – des garçons qui crachaient en public, les yeux rivés au sol ou fixés au-dessus de votre tête ; des garçons qui vous regardaient droit dans les yeux juste pour vous juger ou vous faire peur. Quand ils s'arrachaient les petites peaux mortes sur la lèvre inférieure, quand ils se mordillaient l'espace entre le pouce et l'index, quand ils se grattaient les oreilles avec leurs clefs, ils observaient leurs souvenirs, des souvenirs fiers, des souvenirs de sang, ou alors ils rêvaient d'un avenir sauvage. Dehors sur ce quai, ils scandaient : *« Mec, tire-toi de cette merde, je vais te dire comment c'était, moi, et comment ça va être, putain. »*

Ils n'étaient ni effrayés, ni dépossédés, ni fragiles. Ils étaient tout en possibilités. Bientôt ils enjamberaient ce fossé. Bientôt ils auraient du fric. Ils pourraient décider. Ils auraient de l'assurance. Ils vanteraient le métissage.

Et moi, à cet instant. Imaginez-moi avec eux dans la neige – ils pouvaient me comprendre, et ils ne pouvaient pas. Regardez comme je les mets mal à l'aise. Ils sentent ma différence – mon odeur forte et triste de pédé. Ils croient que je connaîtrai davantage le monde qu'eux. Ils me détestent pour mes bonnes notes et mes manières de blanc. Ils sont en même temps dégoûtés, jaloux, profondément protecteurs, et profondément fiers.

Regardez-nous, regardez notre dernière nuit ensemble, quand on était encore frères.

Minuit

On a vidé la Hail Mary, on a sauté du quai, et Manny a jeté la bouteille vers une rangée d'arbres. On ne l'a pas entendue tomber, aucun bruit, aucun coup, et on s'est délectés de ce silence miraculeux. Manny a imaginé un trou noir ; Joel a suggéré qu'elle avait atterri dans la gueule d'un raton-laveur en train de bâiller. J'ai juste lâché : *« J'ai jamais rien entendu d'aussi débile. »* On est partis vers l'ombre et l'écho de nos rires en direction de nulle part. L'alcool nous avait réchauffé le ventre ; les flocons de neige épaississaient l'air autour de nous.

Au coin de la rue, il y avait une benne en métal à quatre fûts, et sous l'abri, une chatte errante avec huit chatons. On a fouillé nos poches à la recherche de pièces pour lui acheter du lait ; Manny avait soixante-quinze cents. Un quart d'heure de marche jusqu'à la station-service, sans avoir froid. Au comptoir, on a tendu l'argent à l'employé, un Asiatique qui avait la couleur de peau et la taille de Paps.

« Vous pourriez être notre père », je lui ai dit, et Manny et Joel ont explosé d'un rire gras de toux.

Le type a examiné notre monnaie.

« Y a pas assez. »

On a cherché dans nos poches comme si on pouvait y trouver autre chose. Les lumières dérangeaient notre état second ; à force, le vernis du comptoir avait été usé par les pièces. Le type ne ressemblait pas du tout à Paps.

« Allez-y, prenez-le, il a dit. Et tirez-vous. »

On est repartis vers la chatte, et on a ramassé tout ce qu'on pouvait par terre pour le lancer vers les arbres. Si quelque chose – une pierre, un bout de caoutchouc – atterrissait sans un bruit, on poussait un cri de joie. Des fois, on faisait comme si on n'avait pas entendu de bruit et on criait quand même.

Pour récipient, on a pris le couvercle en plastique d'un bidon de vingt litres ; le lait s'est étalé en une fine couche. Il n'y en avait pas beaucoup. La chatte a à peine levé le museau pour humer l'air.

« Elle mangera plus tard, a annoncé Joel. Quand on sera partis. »

C'était ce qu'on disait de Ma quand on s'inquiétait pour elle.

Les chatons donnaient des coups de pattes et se bousculaient pour téter ; plusieurs semblaient endormis aux mamelles – des petites créatures laides et désespérées.

« Combien de temps les chats mettent à oublier les leurs pour se battre et baiser entre eux ? a demandé Manny. Quand est-ce qu'ils vont sauter sur l'avorton ? »

Ils ont ricané, ils ricanaient de moi, le blanc, l'elfe, l'avorton de notre portée ; on avait été une portée, nous aussi. Tous les trois, ensemble, bien au chaud. On se battait au sang pour une brique de lait pour animaux. Sauter sur l'avorton était une de leurs blagues à mon sujet.

« Allez vous faire foutre », j'ai lancé. J'avais bu deux fois moins d'alcool qu'eux – je prenais des gorgées hésitantes ou je gardais les lèvres serrées en faisant semblant. Mais j'avais quand même assez bu pour être surpris par le son de ma voix, et son venin.

« Ça fait chier de traîner ici. Qu'est-ce qu'on fout là, d'abord ?

– Hé, a lancé Joel.

– Cool, a fait Manny. T'énerve pas. »

Ils ont reniflé d'un air de mépris.

« J'en ai assez. C'est n'importe quoi de traîner comme ça.

– Traîner ? a demandé Manny. Je traîne pas, je suis debout.

– Si, tu traînes, j'ai dit. Regarde-toi. Tu t'es vu ? Tu parles tout le temps de Dieu. Et la seconde d'après, tu parles de putes. Comme si tu y connaissais quelque chose à l'un ou l'autre. Comme si tu dégoûtais pas les filles autant que Dieu.

– Putain de merde ! a fait Joel, ravi.

– Quoi, ça te plaît ?

– Ouaip, a fait Joel.

– Ouaip, je l'ai imité. T'y connais rien. Tu me fais honte. Tu le savais ? Que tu me fais honte ?

– T'as entendu ça ? a dit Manny à Joel. On lui fait honte. »

Regardez mes frères – avec leurs fringues trop grandes, leurs yeux cerclés de noir comme des cocards permanents, leur tête de chien battu. Je me sentais pris au piège, plein de haine et de honte. Secrètement, à l'écart des miens, je cultivais une aptitude au langage et une rancune amère. Je tenais un journal où j'aiguisais mes injures contre eux, mes parents, mes frères. Je les voyais d'un nouvel œil, avec un regard caustique. Je me sentais doté d'un certain sens de l'observation, d'une certaine intelligence, quoique aigre. Ma et Paps avaient tous les deux eu des conversations en privé avec moi sur mes capacités, cet amour des livres qui me différenciait de mes frères ; tous deux m'y encourageaient – soulignant que j'aurais une vie plus facile qu'eux, que mes frères, et je leur en voulais pour ça.

Le pire, c'était la pitié.

« Allez, j'ai dit. Y pense plus. Aucune importance. »

Ils ne supportaient pas ma pitié.

« Tu t'es fait baiser », fit Joel.

Manny a ramassé de la neige et a formé une

boule à mains nues. Puis il a cassé une branche, a lancé la balle et l'a frappée. La boule de neige a explosé, et on a regardé tous les trois cette minuscule tempête dans la tempête.

« Il a raison, a dit Manny en braquant le bâton sur moi. Tu t'es fait baiser, avoue-le. »

Il tendait le bâton à un centimètre de mon nez.

« Avoue. »

L'instant d'après, Joel me tenait les bras dans le dos comme au catch. J'essayais de me dégager, mais c'était inutile. Ils étaient tous les deux ivres ; Manny tenait la branche juste devant ma figure. J'imaginais le coup quand il frapperait. Je l'attendais.

« Soit tu t'es fait baiser, soit tu vas te faire baiser. C'est quoi le mieux ? »

Regardez-nous, tous les trois, regardez comment ils me tiennent. Ils refusent de me lâcher.

« Vas-y, Manny, frappe-moi. Pour voir si ça te fait du bien. »

D'une voix forte qui se termine en murmure, en douce supplique.

« Frappe, putain ! »

Manny a fait deux fois mine de me frapper ; j'ai sursauté. Puis il a lâché un soupir dégoûté et Joel a desserré son emprise. Le bâton est tombé à terre.

« Sérieux, a dit Manny, tout à coup plus calme. On dirait que tu te fais baiser. T'as vraiment un problème à la tête, putain. Faut qu'on en discute. »

Mais on n'en a pas discuté. On en était incapables.

On regardait la neige tomber, s'amonceler sur nos cheveux comme des petites montagnes, jusqu'à ce que pour finir, sans un mot, on décide de se mettre à l'abri. Manny nous a distribué des cigarettes, et on a tiré dessus. Aucun de nous ne parlait, mais ce rituel a permis d'apaiser les tensions – la braise, les exhalaisons, les petits nuages de fumée.

Puis, peu à peu, les blagues et les conneries ont repris, je me tenais en retrait, comme toujours, jusqu'à ce que Manny se tourne vers moi.

« Tu sais ce qu'elle m'a dit, l'autre jour ? »

Je n'ai pas demandé qui, je le savais.

« Elle m'a dit que t'étais capable de tout.

– Ouaip, a dit Joel. Elle m'a dit un truc dans le genre, aussi.

– Elle a dit que t'étais si brillant.

– Si brillant !

– Et tu sais quoi ? Elle a dit que t'étais capable de te détruire, aussi.

– La façon qu'elle a de parler de toi, a dit Joel, on dirait que t'es un vase en cristal, putain. »

Manny a passé un bras autour du cou de Joel.

« Pour elle, on se ressemble, tous les deux. » Il m'a montré du doigt. « Mais toi, toi, t'es…

– Comme un œuf en or, putain.

– Elle veut qu'on te protège. »

Joel a éclaté de rire.

« T'as entendu ça ? Je lui ai dit, on joue plus dans le même bac à sable, femme.

– Elle veut qu'on te protège contre toi-même.

– On n'est plus des petits garçons.

– “Mais il reste votre petit frère”, elle a dit. “Il sera toujours votre petit frère” ».

Regardez-moi, regardez comme je meurs d'envie

de quitter ce quai. Comme ça me démange de partir dans cette heure neigeuse.

« “C’est lui qui décide”, j’ai dit.

– Putain d’agneau sacré. »

J’ai levé les mains en signe de reddition et j’ai reculé sans les quitter des yeux jusqu’au bord du bâtiment.

« Où tu vas, tapette ?

– Tu crois que tu vas aller où, putain ? »

J’ai atteint le coin et j’ai pris le chemin en pente pour m’éloigner de leurs sarcasmes. Ils ont crié mon nom avec des points d’interrogation furieux. Leurs voix martelaient dans l’air noir et froid comme des vagues qui m’attaquaient par derrière.

Ils ont appelé et gloussé, et les arbres ont renvoyé leur écho.

Laisse-les aboyer, putain.

Peut-être que c’était vrai. Peut-être que ça n’existait pas, un garçon comme moi.

Plus tard

Je me suis éclipsé et j’ai parcouru à pied les cinq kilomètres qui me séparaient de la gare routière. La neige tombait, douce et rapide, et quand je me retournais, mes traces se recouvraient aussitôt. Voilà ce que je faisais en cachette d’eux, j’errais autour des toilettes des hommes à la gare routière. C’est cette odeur qu’ils avaient perçue.

J’ai quitté la route pour prendre un sentier le long d’une haie. Il menait directement derrière la gare.

S'il y avait assez de monde, je pourrais me glisser entre deux bus jusqu'aux toilettes sans qu'on me voie. Personne ne m'avait expliqué ; j'avais trouvé tout seul, à petits pas paranoïaques. Des semaines durant, j'avais erré en douce dans cette gare routière, indécis. J'entrais dans une cabine et je regardais par les fentes. Au lavabo, je me lavais les mains plusieurs fois, incapable de retourner les regards directs dans le miroir. Je ne savais pas comment montrer à ces hommes que j'étais prêt. Le plus approchant, c'est un type qui m'avait tenu le menton, relevé la tête et dit que j'étais un beau garçon.

« T'es un beau garçon, il avait répété. Maintenant, casse-toi. »

Mais cette nuit-là, il n'y avait qu'un seul bus qui ronronnait sur le parking. En me voyant, le chauffeur assis au volant a ouvert sa portière, qui a émis un gros pet d'air pressurisé.

« New York ? »

J'ai désigné la gare.

« Faut que j'aille pisser.

– Pas là-bas. Pas à cette heure.

– Pourquoi ? »

Le chauffeur n'a pas répondu, il regardait fixement les flocons tomber. Il portait un uniforme, un pantalon en polyester bleu et un cardigan en laine bleue avec le logo de la compagnie brodé sur une poche. C'était un homme d'une quarantaine d'années, gros jusqu'au bout des doigts. Il a tendu un index boudiné vers le pare-brise.

« On devait partir il y a une heure, mais la neige

nous en a empêchés. Pourtant elle est belle cette neige, elle est épaisse. »

Le blizzard. L'air était tiède ; les flocons humides, gonflés et collants ; ils dessinaient inlassablement des motifs diagonaux par terre. Mes frères allaient se perdre dans la nuit ; ils allaient me chercher dans cette blancheur ; ils allaient se noyer.

« Le bâtiment est fermé ?

– On a dit à tous ceux qui se rendaient à New York de rentrer chez eux. Tu veux aller à New York, reviens demain matin. Je t'y conduirai.

– Non, merci.

– Si t'as tant que ça envie de pisser, viens ici. »

La porte s'est scellée derrière moi, je me suis arrêté sur la plus haute marche et j'ai osé regarder le chauffeur. Il ne faisait plus semblant. Mon cœur battait fort. J'ai cherché la poignée de la porte des yeux, mais je ne l'ai pas trouvée.

« Les toilettes sont au fond ? »

Le chauffeur a quitté son siège. Mais je n'ai pas bougé. J'en avais envie.

Des doigts épais et froids ont encerclé ma taille ; je n'ai pas bougé.

« Tu veux que je te baise ? a dit le chauffeur. Je vais te baiser. »

Et il l'a fait.

Je suis reparti à l'aube d'un pas lourd. Le ciel d'hiver était plein de nuages tachés d'une obscurité rose. Je voulais me voir comme il m'avait vu ; je voulais voir mes boucles noires dépasser de mon bonnet de ski. Qu'avait-il fait de mon torse étroit ? Qu'avait-il fait de mon sourire trop large ? Le chauffage était au maximum, mais un froid tenace flottait à l'arrière du bus. Il se concentrait au bout de ses doigts, et partout où il me touchait, c'était une surprise douloureusement sourde. Je voulais me regarder dans une glace. J'ai ouvert la bouche pour faire porter ma voix par-dessus le vrombissement des voitures qui passaient.

« Il m'a baisé ! » j'ai hurlé.

« Je me suis fait baiser ! »

Au cœur de la nuit

Ils étaient tous dans le salon, et la tristesse saturait l'atmosphère. La force de leurs huit yeux m'a repoussé vers la porte ; je n'avais jamais été observé avec une telle férocité. Toute l'évidence entre moi et mes frères, ma mère et mon père était perdue.

Mes frères portaient toujours leur veste, et leurs cheveux luisaient d'humidité. Paps était habillé et rasé, Ma me regardait avec des traces de mascara sur le visage, les yeux rouges, les mains dans ses cheveux – combien de fois l'avais-je vue comme ça ? Elle a parlé, mais je n'ai pas entendu ce qu'elle disait parce que sur ses genoux il y avait, impossible, mon journal.

Dans une langue crue et explicite, j'avais écrit mes fantasmes sur les hommes de la gare routière, ce que je voulais qu'ils me fassent. J'avais décliné un catalogue de perversions imaginaires, une pornographie violente où j'étais à la fois central et réduit à néant. Et maintenant, ce journal était sur les genoux de ma mère.

En un instant, mes pensées et mes peurs sont devenues noires, ma vision s'est troublée – une avalanche s'est déclenchée, mes intestins m'ont lâché, mon sexe m'a lâché, mes genoux ont cédé, et je suis tombé, violemment.

Agenouillé contre la porte, j'ai dit à Ma d'une voix calme et assurée :

« Je vais te tuer. »

Paps a plongé, et pour la première fois de leur vie, mes frères l'ont retenu. Pourtant, cette contrainte s'est muée sous mes yeux en étreinte ; d'une certaine manière, ils le retenaient autant qu'ils le soutenaient, le tenaient droit, l'empêchaient de glisser à terre, et à cet instant, j'ai compris que non seulement Ma, mais aussi chacun d'eux, avait lu mes fantasmes et mes délires, cette vérité écrite dans mon petit livre secret.

Deux heures plus tard, on me conduit en voiture au service psychiatrique de l'hôpital, où je serai confié à l'État et interné. Même des années après, je douterai avoir cru qu'un tel livre ne serait jamais découvert – peut-être que mes mots étaient pour eux, pour qu'ils puissent les découvrir, et me découvrir.

Mais avant ça, avant d'être ligoté sur un lit à roulettes, avant la sédation, l'hostilité neutre des infirmières et des médecins, regardez-moi à genoux dans le salon : mes cheveux noirs pas lavés depuis des jours ; ma peau marquée d'acné qui garde des traces juvéniles ; mes bras en croix, paumes vers le ciel ; mes doigts fins, des doigts de pianiste, disait Ma ; mon menton levé, leurs yeux dans les miens, figés face à moi comme une sculpture de chagrin en bronze. Paps avait les bras autour des épaules de mes frères ; il s'appuyait sur eux, et ils mettaient chacun une main sur sa poitrine large ; ils étaient aussi grands que lui, maintenant ; leurs corps étaient des versions taillées au couteau de notre père, notre visage commun ; Ma avait quitté son siège ; elle aussi était venue calmer Paps, mettre une main sur sa poitrine, le soutenir. Ils étaient rayonnants, ils étaient magnifiques. Ils posaient pour moi. C'était la dernière fois que nous étions réunis dans la même pièce. J'aurais pu me lever, je crois qu'ils m'auraient pris dans leurs bras.

Mais je me suis comporté comme un animal.

J'ai essayé de les griffer au visage, et comme je ne pouvais pas, j'ai essayé de me griffer.

Ils m'ont plaqué au sol ; je me suis débattu, j'ai craché et j'ai crié à me déchirer la gorge. Je les ai insultés : on était tous des fils de pute, des bâtards, notre mère baisait avec une bête. Ils m'ont maintenu au sol. Au début ils se sont défendus, m'ont insulté, giflé, mais plus je devenais sauvage, plus ils se réfugiaient dans leur amour pour moi. Tous. Je les ai pourchassés et les ai défiés – espèce de débiles, espèce de connards, je parie que ça vous a plu de lire ça, je parie que ça vous a excités. J'ai laissé les crachats voler, j'avais les narines dilatées – mon corps était secoué de spasmes sous leur poigne. Ma voix n'était plus qu'une toux hystérique.

J'ai fait et dit des choses animales, des choses impardonnables.

Alors que faire d'autre, sinon me conduire au zoo ?

À l'aube

Regardez ce père qui plonge lentement son fils habillé dans une baignoire en train de se remplir. La salle de bain est petite, aucune fenêtre sur l'extérieur, une odeur de renfermé. La mère se tient dans l'embrasure comme une actrice dans un film muet – elle a huit doigts dans la bouche et tout son corps tremble. Le père se tourne vers elle, l'attrape par les poignets et lui baisse les bras tout en murmurant à son oreille. La mère respire profondément et hoche la tête, ne cesse de hocher la tête.

Puis le père la repousse dans le couloir et ferme la porte. Il se lèche deux doigts pour dévisser l'une des deux ampoules dans l'applique au-dessus du miroir.

« J'ai toujours trouvé que cette salle de bain était trop lumineuse. »

Le menton du garçon se met à trembler.

« *Mijo*, il dit. Mon fils. Tu as besoin d'un bain. »

Il regarde le père fouiller dans le placard sous le petit lavabo à la recherche d'un gant de toilette. Le père fait couler de l'eau dans le lavabo jusqu'à ce qu'elle soit fumante. Il siffle. Savon, gant, buée, mousse. Il siffle.

Regardez ce fils, bercé par ces bruits, par ce rituel : sifflement, eau, mousse et éclaboussures. Le père étale du savon sur le gant. Le fils ne peut qu'attendre.

« Ça fait combien de temps que t'as pas pris de bain ? »

Le garçon détourne à moitié la tête, il regarde une écaille de peinture qui se détache du plafond.

« Ça fait combien de temps que je t'ai pas donné de bain ? »

Le garçon ferme les yeux. Écoutez sa voix ralentie, la confusion lasse dans cette voix quand il dit : « S'il te plaît, Paps, S'il te plaît. Laisse-moi me laver tout seul.

– Chut, fait le père. Chut. Personne ne te laissera seul. Pas énervé comme tu es.

– Je suis grand, dit le garçon. J'ai des droits.

– Tout le monde a des droits. Un homme attaché sur un lit a des droits. Un homme enfermé dans un donjon a des droits. Un petit bébé qui pleure a des droits. Oui, tu as des droits. Ce que tu n'as pas, c'est le pouvoir. »

Dans le couloir, la mère ouvre la porte de la chambre de son fils et allume la lumière. Regardez-la se retenir au montant de porte. Elle murmure tout fort dans le vide : « Entrez. »

Dans la chambre, la mère passe la main sur la surface du bureau. De la plus haute étagère du placard, elle descend un sac de voyage en toile. Tous les tiroirs de la commode sont vides, alors elle ramasse les vêtements par terre, les défroisse et les plie soigneusement, lentement. Un par un, ils atterrissent dans le sac.

Regardez. Il y a cinquante centimètres de neige sur le toit de la maison. Quelque part au-delà des nuages lourds de neige, le soleil se lève. La luminosité croît d'une seconde à l'autre. Dans l'allée, deux frères ont fait démarrer le pick-up ; ils sont dans la cabine, voûtés. La fumée qui s'échappe du pot reste en suspension dans l'air ; il y a très peu de vent. Pas un oiseau ne chante pour accueillir le soleil. À l'intérieur de la cabine, les garçons placent leurs mains devant les bouches d'aération. Ils partagent une cigarette en silence. L'aîné tente d'actionner les essuie-glaces, mais ils ne fonctionnent pas. Les garçons regardent la couche de neige grise sur le pare-brise. Le plus jeune écrase la cigarette dans le cendrier.

« Alors ? »

Regardez le père qui pose le gant et s'approche pour déshabiller son fils. Il tient la nuque du garçon d'une main, soulève sa chemise à la taille et dénude son torse. Il le rallonge et lui lève les bras pour retirer sa chemise mouillée. Puis il se bat contre le jean trempé, attrape une cheville, puis l'autre.

« Paps », dit le garçon.

Le père tire sur le caleçon, et le garçon se retrouve nu. Le père l'observe, il le dévisage fixement. Regardez le garçon, nu de la tête aux pieds, qui scrute les yeux de son père.

Le père cligne des yeux face au garçon et à sa nudité, comme s'il examinait une plaie béante ou un matin trop vif. Il appelle à nouveau le garçon *Mijo*.

« Tu pues.

– C'est pas moi. »

Le père se force à rire, à jouer son rôle.

« Si c'est toi, mon garçon. Tu peux sentir ton odeur, maintenant. »

Le rituel commence. Une petite cascade coule du robinet dans la baignoire. C'est la marée qui monte. Dans la poche du père, il y a un coupe-ongles – il a toujours été là, même avant la naissance du garçon. Regardez le père brandir le coupe-ongles, ouvrir la partie métallique, la plonger et couper les peaux mortes. Le garçon reste calme et silencieux. Le père appuie le bout crocheté dans le pied de son fils jusqu'à ce qu'il recourbe les orteils et gémisse.

« Je vérifiais, c'est tout. »

Puis il passe le gant sur la plante des pieds du garçon, ses talons, ses chevilles, les creux entre ses orteils. Les pieds du garçon n'ont pas été mouillés ni touchés depuis des années. Le père parle de cultures où laver les pieds d'un homme, c'est lui vouer le respect ultime, mais le garçon n'entend qu'à moitié à cause de l'humidité, du gant, de sa caresse, tout est à la fois si nouveau et si familier. Regardez-le prendre des bouffées d'air, regardez l'air qui colle, forme un gros morceau dans sa gorge.

Assis au bord de la baignoire, un pied dans la main, le père inspecte, frotte, fredonne. Il prend son temps, il remonte le gant sur un mollet, puis l'autre. Il y a l'humidité, le toucher. Le père tend le cou pour inspecter le visage de son fils.

« Respire, mon garçon, respire. »

Devant la porte, la mère écoute et finit par frapper. Elle appelle le père par son nom.

« On va s'occuper de lui », répond le père.

Regardez-la qui entre en tenant un tas de vêtements pliés, le jean tout en bas de la pile, un sweat-shirt, un caleçon, et au sommet une paire de chaussettes roulées. À part son visage, son beau visage sauvage, elle a l'air d'une femme servile, une mère de série télé.

« Les garçons sont en train de déneiger le pick-up », elle annonce au père.

Il hoche la tête. Écoutez la façon dont elle dit *les garçons*, de quelle manière le fils est aussitôt et totalement exclu de ces mots ; à quel point il aimerait être dehors avec ses frères, à faire ce qu'on lui dit de faire.

La mère s'assied sur les toilettes et regarde le père baigner le fils. Elle tient les vêtements sur ses genoux. Le fils ne lui parlera pas. Elle l'observe, elle veut lui dire qu'il peut lui renvoyer toute sa haine ; qu'elle prendra tout, s'il en éprouve le besoin. Écoutez, écoutez bien, c'est ce qu'elle dit par son silence. Le garçon ne peut que l'entendre.

Le père siffle et fredonne ; il est en train de lui dire au revoir.

« Eh oui, m'dame, dit le père sans regarder la mère. On va s'occuper de lui. »

Et la mère hoche la tête, elle hoche encore la tête.

Les frères sont heureux et satisfaits du travail simple qu'ils ont à effectuer – claquer très fort les portières du pick-up pour que la neige tombe, gratter la glace sur les vitres, repousser la neige du toit et du capot. Leur esprit ne s'arrête pas sur le garçon et le père dans la salle de bain. Leur esprit n'est pas avec leur mère, qui pleure doucement sur le sac de vêtements près de l'entrée. Ils ne pensent qu'à la neige et à la glace, à comment s'en débarrasser.

Dans la baignoire, le garçon est reconnaissant, lui aussi, que ses frères se chargent de cette tâche. Dehors, l'air froid circule dans leur nez et leur gorge, après avoir été enfermé avec une cigarette dans la cabine. Dans le garage, il y a des pelles en aluminium. Ils peuvent commencer par le bout de l'allée et remonter vers le pick-up en creusant jusqu'à ce que la pelle heurte le gravier – le crissement provoquera un écho dans le silence autour d'eux. Ils peuvent être ensemble dans ce travail, concentrés sur cette corvée qu'ils partagent depuis tant d'hivers. Seule la dernière tâche, le salage, les fera penser au garçon dans la baignoire, au premier hiver où il les a rejoints dehors, emmitouflé dans une combinaison de ski. Il était trop lent et trop faible pour manier une pelle, alors ses frères aînés lui avaient tendu un seau en plastique rempli de cristaux en lui disant de les suivre. Désormais, ils se partageront le salage. Ils répartiront le sac dans deux seaux et ils étaleront le sel sur l'allée comme des graines ou des cendres. Le garçon sait qu'après le choc de la nuit, ses frères se traiteront avec cérémonie et dignité – si par accident l'un jette de la neige en direction de l'autre, si l'un heurte le talon de l'autre avec sa pelle, le coupable dira *Je suis désolé*. Écoutez, et vous entendrez leur murmure flotter vers la maison. *Je suis désolé, mec, je suis désolé*. Et un instant plus tard, la rengaine, *C'est rien, frère, c'est rien*.

Regardez-les, ils ouvrent la porte. Ils sortent. Les voilà.

Le zoo

Désormais, je dors avec les paons et les lions sur un lit de feuilles. J'ai perdu les miens. Je rêve de me tenir debout, je rêve d'avoir des mains, je rêve d'une vie plus simple – sans museaux chauds, ni crocs, ni griffes, ni plumage obscène – je rêve de me promener fièrement, le torse bombé.

Je dors en compagnie d'autres animaux dans des cages ou des enclos, des terriers de lapin, sur des bottes de foin. Ils m'honorent, ces animaux – me couchent, me tripotent, me possèdent –, je suis le prince de leurs jungles luxuriantes.

« Bombe le torse, bombe le torse », je dis, je murmure, je me jure.

Remerciements

Mille mercis aux United States Artists, à l'Iowa Writer's Workshop, au Stanford Creative Writing Program, à la Ucross Foundation, à la Lambda Literary, au Truman Capote Literary Trust et aux conférences de la Tin House and Bread Loaf pour leur soutien généreux.

Un remerciement particulier à Jin Auh, mon agent et Jenna Johnson, mon éditrice chez HMH pour avoir travaillé si dur avec moi sur ce livre.

Mon passe-temps favori consiste à trouver des professeurs que j'admire afin de les admirer encore plus. En voici une liste non exhaustive : Dorothy Allison, Lan Samantha Chang, Allan Gurganus, Marilynne Robinson, Stacey D'Erasmo, Michael Cunningham, Paul Harding, Edward Carey, Bret Anthony Johnston, Jeffery Renard Allen, Ann Cummins, Elizabeth Tallent, Adam Johnson et Tobias Wolff.

Des remerciements tout particuliers à Laura Iodice, mon professeur d'anglais au lycée qui m'a apporté des livres quand j'étais à l'hôpital, et que j'aime beaucoup.

Et à Jackson Taylor, qui a m'a énormément appris, et aussi mis au défi. Jackson, sans votre générosité exceptionnelle et singulière, ce livre n'existerait pas.

Connie Brothers, Charles Flowers et Sally Wofford-

Girand, avisés et inspirés. Sans oublier les lecteurs, amis et héroïnes : Emma Borges-Scott, Ellie Catton, Angela Flournoy, Kyle McCarthy, Khaliah Williams, Frances Ya-Chu Cowhig, Jennifer De Leon, Kristy Zadrozny, Sara Romano, Marissa Beckett, Casey Romanick, Becky Rotelli, Mary Bates, Ian Gold, Suzy Bentley, Kristina Paiz, Arianna Martinez, Sara Taylor, Adjua Greaves, Karen Good, Joyce Fuller, Valentine Freeman, Adam Gardner, Wei Hwu, Steph Krause, Ade Hall, Sara Minardi, ma très chère amie Christina Wickens, toute la famille Dellios, et surtout l'irremplaçable Olivia Dellios.

Sasha Rodriguez, ma sœur, merci.

Jaime Shearn Coan, merci d'être un écrivain plein d'inspiration, et un ami incroyable.

Ayana Mathis, merci d'avoir lu chaque jet, chaque incarnation sauvage, d'avoir avec patience et amour guidé ce livre et moi-même vers son aboutissement.

Enfin, et immensément, Graham Plumb, je t'aime.

Table

RÉALISATION : NORD COMPO À VILLENEUVE-D'ASCQ
IMPRESSION : CPI BRODARD ET TAUPIN À LA FLÈCHE (00-08)
DÉPÔT LÉGAL : JANVIER 2013. N° 109235 (70758)
IMPRIMÉ EN FRANCE